Translated Language Learning

Alices Abenteuer im Wunderland

Les Aventures d'Alice au Pays des Merveilles

Lewis Carroll

Deutsch / Français

Runter in den Kaninchenbau
Dans le Terrier du Lapin

Alice fing an, sehr müde zu werden
Alice commençait à être très fatiguée
Sie saß neben ihrer Schwester auf der Grasbank
Elle était assise à côté de sa sœur sur le talus d'herbe
aber sie hatte nichts zu tun
Mais elle n'avait rien à faire
Ihre Schwester las ein Buch
Sa sœur lisait un livre
Ein- oder zweimal schaute Alice in das Buch
une ou deux fois, Alice jeta un coup d'œil dans le livre
aber das Buch enthielt keine Bilder oder Gespräche
Mais le livre ne contenait ni images ni conversations
"Was nützt ein Buch ohne Bilder?", dachte Alice
« À quoi sert un livre sans images ? » pensa Alice
"Warum sollte ein Buch keine Gespräche führen?"
« Pourquoi un livre n'aurait-il pas de conversations ? »
Aber sie hatte noch andere Dinge zu bedenken
Mais elle avait d'autres choses à considérer

"Es wäre ein Vergnügen, eine Kette aus Gänseblümchen zu machen"

« Faire une chaîne de marguerites serait un plaisir »

"Aber lohnt es sich, aufzustehen und die Gänseblümchen zu pflücken??"

« Mais cela vaut-il la peine de se lever et de cueillir les marguerites ?? »

Das war nicht so leicht zu denken

Ce n'était pas si facile d'y penser

weil sie sich an diesem Tag schläfrig und dumm fühlte

parce que la journée la rendait somnolente et stupide

aber plötzlich wurden ihre Gedanken unterbrochen

Mais soudain, ses pensées s'interrompirent

ein weißes Kaninchen mit rosa Augen lief dicht an ihr vorbei

un lapin blanc aux yeux roses courait près d'elle

Es war nichts übermäßig Bemerkenswertes an dem Kaninchen

Il n'y avait rien de trop remarquable chez le lapin

und Alice fand das Kaninchen auch nicht bemerkenswert

et Alice ne trouvait pas non plus le lapin remarquable
auch überraschte es sie nicht, als das Kaninchen sprach
elle ne s'étonna pas non plus quand le Lapin parla
»O je! Ich werde zu spät kommen!« sagte er zu sich selbst
« Oh mon Dieu ! Je serai trop tard ! se dit-il
aber dann tat das Kaninchen etwas, was Kaninchen nicht tun
mais alors le Lapin a fait quelque chose que les lapins n'ont pas fait
das Kaninchen zog eine Uhr aus der Westentasche
le Lapin tira une montre de la poche de son gilet
Er schaute auf die Uhr und eilte dann weiter
Il regarda l'heure puis se hâta
Alice erhob sich erstaunt
Alice se leva, stupéfaite
Sie hatte noch nie zuvor ein Kaninchen mit Weste gesehen!
Elle n'avait jamais vu un lapin avec un gilet auparavant !
noch hatte sie je ein Kaninchen mit einer Uhr gesehen!
elle n'avait jamais vu non plus de lapin avec une montre !
Alice brannte vor neuer Neugierde
Alice brûlait d'une nouvelle curiosité
und sie rannte über das Feld hinter dem Kaninchen her
et elle courut à travers le champ après le Lapin
Sie kam gerade noch rechtzeitig, um das Kaninchen verschwinden zu sehen
Elle était juste à temps pour voir le lapin disparaître
Das Kaninchen hüpfte in einen großen Kaninchenbau hinab
Le lapin sauta dans un grand terrier de lapin
Im nächsten Augenblick stürzte Alice hinter dem Kaninchen her!
Un instant plus tard, Alice s'est mise à courir après le lapin !
Der Kaninchenbau ging geradeaus wie ein Tunnel
Le terrier du lapin continuait tout droit comme un tunnel
und der Tunnel ging noch eine Weile weiter
Et le tunnel a continué à avancer sur une certaine distance
und dann senkte sich der Weg plötzlich hinunter
Et puis le chemin s'est soudainement incliné

Alice hatte keinen Augenblick, daran zu denken, ob sie sich zurückhalten sollte
Alice n'eut pas un instant pour songer à s'arrêter
Sie fiel hin und hinunter und hinunter
Elle s'est retrouvée à tomber et à tomber
Es schien, als sei sie in einen sehr tiefen Brunnen gefallen
Il semblait qu'elle était tombée dans un puits très profond
Entweder war der Brunnen sehr tief, oder sie fiel sehr langsam
Ou le puits était très profond, ou bien elle tombait très lentement
denn sie hatte viel Zeit zum Fallen
parce qu'elle avait tout le temps de tomber
Als sie fiel, konnte sie sich umsehen
alors qu'elle tombait, elle pouvait regarder tout autour d'elle
Zuerst versuchte sie herauszufinden, wohin sie ging
D'abord, elle a essayé de comprendre où elle allait
aber der Brunnen war zu dunkel, um etwas zu sehen
mais le puits était trop sombre pour voir quoi que ce soit
Dann blickte sie auf die Seiten des Brunnens
Puis elle regarda les côtés du puits
Und sie bemerkte, dass überall um sie herum Schränke standen
Et elle remarqua qu'il y avait des placards tout autour d'elle
und rings um den Brunnen waren Bücherregale
et tout autour du puits il y avait des étagères de livres
Hier und da sah sie Karten und Bilder, die an Pflöcken hingen
Çà et là, elle voyait des cartes et des tableaux accrochés à des piquets
Im Vorbeigehen nahm sie ein Glas aus einem der Regale
En passant, elle prit un bocal sur l'une des étagères
Das Glas wurde für seinen Inhalt gekennzeichnet
Le pot a été étiqueté pour son contenu
"MARMELADE AUS ORANGEN"
« MARMELADE D'ORANGES »
Aber zu ihrer großen Enttäuschung war das

Marmeladenglas leer

Mais, à sa grande déception, le pot de marmelade était vide

Sie wollte das leere Marmeladenglas nicht fallen lassen

Elle ne voulait pas laisser tomber le pot de marmelade vide

und ihr Fall war sehr langsam

et sa chute fut très lente

So schaffte sie es, das Marmeladenglas in einen der Schränke zu stellen

Elle a donc réussi à mettre le pot de marmelade dans l'un des placards

Nieder, hinunter, hinunter fiel sie!

Tombée, descendue, tombée !

Würde der Fall jemals ein Ende haben?

La chute prendrait-elle fin ?

Es gab nichts anderes zu tun

Il n'y avait rien d'autre à faire

so fing Alice bald an, mit sich selbst zu reden

alors Alice commença bientôt à se parler à elle-même

»Dinah wird mich heute abend sehr vermissen, sollte ich meinen!«

« Je vais beaucoup manquer à Dinah ce soir, je pense ! »

Dinah war Alices Katze

Dinah était le chat d'Alice

»Ich hoffe, sie werden sich an ihre Untertasse mit Milch zur Teezeit erinnern.«

« J'espère qu'ils se souviendront de sa soucoupe de lait à l'heure du thé »

»Dinah, meine Liebe, ich wünschte, du wärst hier unten bei mir!«

« Dinah, ma chère, je voudrais que tu sois ici avec moi ! »

Alice fühlte, als würde sie einschlafen

Alice sentit qu'elle s'assoupissait

Und dann plötzlich, dumpf! Bums!

Et puis soudain, bruit sourd ! bourrade!

Sie fiel auf einen Haufen Stöcke

Elle tomba sur un tas de bâtons

und sie landete auf einem Haufen trockener Blätter

et elle atterrit sur un tas de feuilles sèches
Und endlich war der lange Sturz in das Loch vorbei
et enfin la longue chute dans le trou était terminée
Alice war kein bisschen verletzt
Alice n'était pas du tout blessée
und sie sprang in einem Augenblick auf
Et elle se leva d'un bond au bout d'un instant
Sie blickte auf, aber es war alles dunkel über ihr
Elle leva les yeux, mais il faisait noir au-dessus de sa tête
Vor ihr lag ein weiterer langer Korridor
Devant elle se trouvait un autre long couloir
und das weiße Kaninchen war noch in Sicht
et le Lapin Blanc était toujours en vue
Er eilte den Korridor hinunter
Il se hâtait dans le couloir
Es war kein Augenblick zu verlieren
Il n'y avait pas un instant à perdre
davonlief Alice wie der Wind
Alice s'enfuit comme le vent
um die Ecke drehte sich das Kaninchen
Au coin de la rue, le lapin s'est retourné
Sie kam gerade noch rechtzeitig, um das Kaninchen zu hören
Elle était juste à temps pour entendre le lapin
"Oh, meine Ohren und Schnurrhaare"
« "Oh, mes oreilles et mes moustaches »
"Wie spät es wird!"
« Comme il est tard ! »
Sie war dicht hinter dem Kaninchen
Elle était tout près derrière le lapin
Sie bog um eine weitere Ecke
Elle tourna au détour d'un autre coin
aber das Kaninchen war nicht mehr zu sehen
mais le Lapin n'était plus visible
Sie befand sich in einer langen, niedrigen Halle
Elle se retrouva dans une longue salle basse
Der Saal wurde von einer Reihe von Deckenlampen

erleuchtet

La salle était éclairée par une rangée de plafonniers

Überall im Saal gab es Türen

Il y avait des portes tout autour de la salle

aber alle Türen waren verschlossen

mais toutes les portes étaient fermées à clé

Sie ging den ganzen Weg an der einen Seite des Flurs hinunter

Elle marcha tout le long d'un côté de la salle

Und sie war den ganzen Weg auf der anderen Seite des Flurs hinaufgegegangen

et elle avait fait tout le chemin de l'autre côté de la salle

Sie hatte jede Tür ausprobiert

Elle avait essayé toutes les portes

Und sie ging traurig in der Mitte des Saales entlang

et elle marchait tristement au milieu de la salle

"Wie komme ich da mal wieder raus?"

« Comment vais-je jamais en sortir ? »

Plötzlich stieß sie auf einen kleinen Tisch
Tout à coup, elle tomba sur une petite table
Der Tisch wurde komplett aus massivem Glas gefertigt
La table était entièrement en verre massif
Auf dem Tisch lag nichts als ein winziger goldener Schlüssel
Il n'y avait rien sur la table à part une petite clé dorée
Der Schlüssel könnte zu einer der Türen gehören!
La clé pourrait appartenir à l'une des portes !
Aber ach! Einige der Schlösser waren zu groß für die Schlüssel
Mais, hélas ! Certaines serrures étaient trop grandes pour les clés
und für die anderen Schlösser war der Schlüssel zu klein
et pour les autres serrures, la clé était trop petite
aber auf jeden Fall öffnete der Schlüssel keine der Türen
mais, en tout cas, la clef n'ouvrit aucune des portes
Aber was sollte sie tun?
Mais que devait-elle faire ?
Sie ging wieder durch den Saal
Elle traversa de nouveau le couloir
Und diesmal bemerkte sie einen niedrigen Vorhang
et cette fois, elle remarqua un rideau bas
Hinter dem Vorhang war eine kleine Tür
Derrière le rideau se trouvait une petite porte
Die Tür war etwa fünfzehn Zoll hoch
La porte avait une quinzaine de pouces de haut
Sie probierte den kleinen goldenen Schlüssel im Schloss aus
Elle essaya la petite clé dorée dans la serrure
Und zu ihrer großen Freude passte der Schlüssel ins Schloss!
Et à sa grande joie, la clé s'est glissée dans la serrure !
Alice öffnete die Tür
Alice ouvrit la porte
und sie fand, daß die Tür in einen kleinen Korridor führte
et elle trouva la porte qui donnait sur un petit couloir
Der Korridor war nicht viel größer als ein Rattenloch
Le couloir n'était pas beaucoup plus grand qu'un trou à rats

Sie kniete nieder und blickte den Korridor entlang
Elle s'agenouilla et regarda le long du couloir
Und sie sah den schönsten Garten, den du je gesehen hast
et elle a vu le plus beau jardin que vous ayez jamais vu
wie sehr sie sich danach sehnte, aus dieser dunklen Halle herauszukommen
comme elle avait envie de sortir de cette salle sombre
wie sie sich wünschte, zwischen diesen leuchtenden Blumen zu wandern
comme elle voulait se promener parmi ces fleurs lumineuses
Wie cool die Erfrischung dieser Brunnen aussah
Comme ces fontaines avaient l'air cool et rafraîchissantes
aber sie konnte nicht einmal ihren Kopf durch die Tür stecken
Mais elle ne pouvait même pas passer la tête par la porte
»Oh,« sagte Alice traurig
— Oh ! dit Alice d'un ton lugubre
»wie sehr wünschte ich, ich könnte mich zusammenfalten wie ein Fernrohr!«
comme je voudrais pouvoir me plier comme un télescope !
"Ich glaube, ich könnte mich zusammenfalten wie ein Teleskop"
« Je pense que je pourrais me plier comme un télescope »
"Wenn ich nur wüsste, wie ich anfangen sollte"
« Si seulement je savais par où commencer »
Alice ging zurück an den Tisch
Alice retourna à la table
Es bestand die Möglichkeit, einen weiteren Schlüssel zu finden
Il y avait la chance de trouver une autre clé
Oder es gibt ein Buch mit Regeln
Ou il pourrait y avoir un livre de règles
Das Buch könnte ihr sagen, wie man sich wie ein Teleskop zusammenfaltet
Le livre pourrait lui apprendre à se plier comme un télescope
Diesmal fand sie ein Fläschchen
Cette fois, elle trouva une petite bouteille

"Diese Flasche war gewiß vorher nicht hier," sagte Alice
« cette bouteille n'était certainement pas là auparavant, » dit
Alice
Und um den Flaschenhals war ein Papieretikett gebunden
et autour du goulot de la bouteille était attachée une étiquette
en papier
**Das Etikett war wunderschön in großen Buchstaben
gedruckt**
L'étiquette était magnifiquement imprimée en grandes lettres
"TRINK MICH"
« BOIS-MOI »
»Nein, ich werde erst nachsehen«, sagte sie
« Non, je vais regarder d'abord », a-t-elle dit
**"Ich werde sehen, ob die Flasche als giftig gekennzeichnet
ist oder nicht."**
« Je vais voir si la bouteille est marquée comme toxique ou
non, »
weil sie die Lektion über das Gift nie vergessen hat
Parce qu'elle n'a jamais oublié la leçon sur le poison
**"Wenn eine Flasche als giftig gekennzeichnet ist, wird sie
Ihnen bestimmt nicht zustimmen"**
« Si une bouteille est étiquetée comme toxique, elle est
forcément en désaccord avec vous »
Diese Flasche war jedoch nicht als giftig gekennzeichnet
Cependant, cette bouteille n'a pas été marquée comme toxique
so wagte Alice es, den Inhalt der Flasche zu kosten
alors Alice se hasarda à goûter le contenu de la bouteille
Sie fand die Flüssigkeit ganz nach ihrem Geschmack
Elle trouva le liquide tout à fait à son goût
Das Getränk hatte einen gemischten Geschmack
La boisson avait une sorte de saveur mélangée
Kirschkuchen, Vanillepudding und Ananas
tarte aux cerises, crème pâtissière et ananas
Gebratener Truthahn, Toffee und Toast mit heißer Butter
Rôtir la dinde, le caramel et le pain grillé au beurre chaud
und bald trank sie die Flasche aus
et elle finit bientôt la bouteille

"Was für ein merkwürdiges Gefühl!" sagte Alice

« Quelle curieuse sensation ! » dit Alice

"Ich klappe mich zusammen wie ein Teleskop!"

« Je me plie comme un télescope ! »

Und sie faltete sich tatsächlich zusammen wie ein Teleskop!

Et elle se repliait comme un télescope !

Sie war jetzt nur noch zehn Zentimeter groß

Elle n'avait plus que dix pouces de haut

und ihr Gesicht erhellte sich bei ihren Gedanken

et son visage s'éclaira à ses pensées

Jetzt hatte sie die richtige Größe für das Türchen

Maintenant, elle était de la bonne taille pour la petite porte

Jetzt konnte sie in diesen schönen Garten gehen

Maintenant, elle pouvait aller dans ce joli jardin

Bald hörte sie auf, kleiner zu werden

Bientôt, elle a cessé de devenir plus petite

Sie beschloß, sofort in den Garten zu gehen

Elle décida d'aller tout de suite dans le jardin

aber wehe der armen Alice!

mais, hélas pour la pauvre Alice !

Sie kam zur Tür

Elle arriva à la porte

Aber sie hatte den kleinen goldenen Schlüssel vergessen

Mais elle avait oublié la petite clé d'or

Sie ging zurück zum Tisch, um den Schlüssel zu holen

Elle retourna à la table pour prendre la clé

aber sie merkte, daß sie nicht hoch genug greifen konnte

Mais elle s'aperçut qu'elle ne pouvait pas atteindre assez haut

Sie konnte den Schlüssel ganz deutlich durch das Glas sehen

Elle pouvait voir la clé très distinctement à travers la vitre

Sie versuchte, die Beine des Tisches hinaufzuklettern

Elle essaya de grimper sur les pieds de la table

Aber das Glas war viel zu rutschig

Mais le verre était beaucoup trop glissant

Irgendwann erschöpfte sie sich mit dem Versuch

Finalement, elle s'est fatiguée à essayer

Und das arme kleine Mädchen setzte sich hin und weinte

et la pauvre petite fille s'assit et pleura

Alice sprach ziemlich scharf mit sich selbst

Alice se parlait à elle-même assez vivement

"Komm, es hat keinen Zweck, so zu weinen!"

« Allons, ça ne sert à rien de pleurer comme ça ! »

"Ich rate dir, gleich aufzuhören!"

« Je vous conseille d'arrêter tout de suite ! »

Sie gab sich im Allgemeinen sehr gute Ratschläge

Elle se donnait généralement de très bons conseils

obwohl sie nur sehr selten ihren eigenen Rat befolgte

bien qu'elle suivît très rarement ses propres conseils

und sie war manchmal zu streng mit sich selbst

Et elle était parfois trop dure envers elle-même

und ihre Worte trieben ihr Tränen in die Augen

et ses paroles lui firent monter les larmes aux yeux

Bald fiel ihr Blick auf einen kleinen Glaskasten

Bientôt, son regard tomba sur une petite boîte en verre

Der kleine Glaskasten lag unter dem Tisch

La petite boîte de verre était posée sous la table

In dem Glaskasten befand sich ein sehr kleiner Kuchen

Dans la boîte en verre se trouvait un tout petit gâteau

Auf dem Kuchen waren einige Worte schön geschrieben

Sur le gâteau, quelques mots étaient magnifiquement écrits

die Worte waren in Johannisbeeren markiert worden

les mots avaient été marqués dans des groseilles

"MICH ESSEN"

« MANGE-MOI »

"Nun, ich werde den Kuchen essen," sagte Alice

« Eh bien, je vais manger le gâteau », dit Alice

"Und wenn mich der Kuchen größer werden lässt, kann ich den Schlüssel erreichen"

« et si le gâteau me fait grossir, je peux atteindre la clé »

"Und wenn mich der Kuchen kleiner werden lässt, kann ich unter die Tür kriechen"

« et si le gâteau me fait rapetisser, je peux me glisser sous la porte »

"**Also so oder so komme ich in den Garten**"
« Donc, de toute façon, j'irai dans le jardin »
"**Und es ist mir egal, was von beidem passiert!**"
« Et peu m'importe lequel des deux arrive ! »
Sie aß ein wenig von dem Kuchen
Elle a mangé un peu du gâteau
und sie sprach ängstlich zu sich selbst:
et elle se parla anxieusement à elle-même :
"**In welche Richtung? In welche Richtung?**"
« Dans quel sens ? Dans quel sens ?
und sie hielt die Hand auf den Kopf
et elle posa la main sur sa tête
Sie wollte spüren, in welche Richtung sie wuchs
Elle voulait sentir de quelle façon elle grandissait
Sie war ganz überrascht, als sie erfuhr, was geschehen war
Elle fut très surprise de découvrir ce qui s'était passé
Sie war gleich groß geblieben!
Elle était restée de la même taille !
Also verdoppelte sie dieses Mal ihre Bemühungen
Cette fois, elle redoubla donc d'efforts
Und bald war der ganze Kuchen fertig
Et bientôt, elle termina tout le gâteau

Der Pool der Tränen

La mare de larmes

"Das wird immer interessanter!" rief Alice

« Cela devient de plus en plus intéressant ! » s'écria Alice

Man kann sehen, dass sie sehr überrascht war

Vous pouvez voir qu'elle était très surprise

"Ich öffne mich wie das größte Teleskop, das es je gab!"

« Je m'ouvre comme le plus grand télescope qui ait jamais existé ! »

»Auf Wiedersehen, Füße! Oh, meine armen kleinen Füße"

« Au revoir, les pieds ! Oh, mes pauvres petits pieds"

"Ich frage mich, wer euch jetzt die Schuhe anziehen wird, meine Lieben?"

« Je me demande qui va vous mettre vos chaussures maintenant, mes chères ? »

»und ich frage mich, wer Ihre Strümpfe anziehen wird?«

et je me demande qui mettra vos bas ?

"Ich werde viel zu weit weg sein"

« Je serai beaucoup trop loin »

"Ich werde mich nicht mehr um dich kümmern können"

« Je ne pourrai plus me soucier de toi »

In diesem Augenblick schlug ihr Kopf gegen etwas

Juste à ce moment, sa tête heurta quelque chose

Sie hatte das Dach des Saales erreicht

Elle avait atteint le toit de la salle

Tatsächlich war sie jetzt mehr als zwei Meter groß

En fait, elle mesurait maintenant plus de deux mètres

und sie ergriff sogleich den kleinen goldenen Schlüssel

et elle prit aussitôt la petite clef d'or

und sie eilte zur Gartentür

et elle se précipita vers la porte du jardin

Arme Alice! Es gab nicht viel, was sie tun konnte

Pauvre Alice ! Il n'y avait pas grand-chose qu'elle pouvait faire

Sie legte sich auf die Seite

Elle s'allongea sur le côté

Und sie blickte mit einem Auge in den Garten hinein

et elle regarda d'un œil dans le jardin

Aber durchzukommen war hoffnungsloser denn je

Mais s'en sortir était plus désespéré que jamais

Sie setzte sich und fing wieder an zu weinen

Elle s'est assise et a recommencé à pleurer

Sie fuhr fort, literweise Tränen zu vergießen

Elle a continué à verser des litres de larmes

Bald war ein großer Pool um sie herum

Bientôt, il y eut une grande flaque tout autour d'elle

und das Wasser reichte bis zur Hälfte des Flurs

et l'eau atteignait la moitié du couloir

Nach einer Weile hörte sie ein leises Getrappel von Füßen

Au bout d'un moment, elle entendit un petit claquement de pieds

Sie hörte die Füße aus der Ferne kommen

Elle entendit les pas venir de loin

Und sie trocknete sich hastig die Augen, um zu sehen, was kommen würde

et elle s'essuya vivement les yeux pour voir ce qui allait arriver

Es war das weiße Kaninchen, das zurückkehrte

C'était le retour du Lapin Blanc

Er war prächtig gekleidet

Il était magnifiquement vêtu

Er hatte ein Paar weiße Handschuhe in der einen Hand

Il avait une paire de gants blancs dans une main

Und in der anderen Hand hatte er einen großen Federfächer

et il avait un grand éventail de plumes dans l'autre main

Er kam in großer Eile dahergetrabt

Il arriva en trottinant en toute hâte

und er murmelte vor sich hin: »Ach! die Herzogin, die Herzogin!«

et il murmura en lui-même : « Oh ! la duchesse, la duchesse !

»Ach! wird sie nicht wild sein, wenn ich sie habe warten lassen?«

« Ah ! ne serait-elle pas sauvage si je l'ai fait attendre !

Als das Kaninchen in ihre Nähe kam, sprach Alice
Quand le Lapin s'approcha d'elle, Alice prit la parole
aber sie sprach mit leiser, schüchterner Stimme
Mais elle parlait d'une voix basse et timide
"Sir, bitte hören Sie für einen Moment auf, was Sie tun"
« Monsieur, s'il vous plaît, arrêtez ce que vous faites un
instant »
Das Kaninchen erschrak heftig
Le Lapin sursauta violemment
Er ließ die weißen Handschuhe und den Federfächer fallen
Il laissa tomber les gants blancs et l'éventail de plumes
und er eilte fort in die Dunkelheit, so schnell er konnte
et il s'enfuit dans les ténèbres aussi vite qu'il le put
Alice hob den Federfächer und die Handschuhe auf
Alice ramassa l'éventail en plumes et les gants
**Und sie fächelte sich immer wieder Luft zu, während sie
sprach**
Et elle n'arrêtait pas de s'éventer tout en parlant
»Liebes, liebes Kind! Wie seltsam ist das alles heute!"
« Cher, cher ! Comme tout est étrange aujourd'hui !

"Gestern ging es weiter wie bisher"
« Hier, les choses se sont passées comme d'habitude »
"War ich heute Morgen noch so, als ich aufgestanden bin?"
« Étais-je le même quand je me suis levé ce matin ? »
"Aber wenn ich nicht mehr derselbe bin, dann ist das eine andere Frage"
« Mais si je ne suis pas le même, il y a une autre question »
"Wer in aller Welt bin ich?"
« Qui suis-je ? »
"Ah, das ist das große Rätsel!"
« Ah, c'est le grand casse-tête ! »
Während sie das sagte, blickte sie auf ihre Hände hinunter
En disant cela, elle baissa les yeux sur ses mains
Sie trug einen der kleinen weißen Handschuhe des Kaninchens
Elle portait l'un des petits gants blancs du lapin
Sie hatte nicht bemerkt, dass sie den Handschuh angezogen hatte, während sie sprach
Elle n'avait pas remarqué qu'elle avait mis le gant en parlant
"Wie konnte ich das machen?" dachte sie
« Comment ai-je pu faire cela ? » a-t-elle pensé
"Ich muss wieder klein werden"
« Je dois redevenir petit »
Sie stand auf und ging zum Tisch, um ihre Größe zu messen
Elle se leva et s'approcha de la table pour mesurer sa taille
Sie stellte fest, dass sie jetzt etwa einen halben Meter groß war
Elle a découvert qu'elle mesurait maintenant environ un demi-mètre
und sie schrumpfte immer noch schnell
et elle rétrécissait encore rapidement
Bald fand sie heraus, was die Ursache für das Schrumpfen war
Elle découvrit rapidement quelle était la cause de ce rétrécissement
Der Federfächer machte sie wieder kleiner!
L'éventail de plumes la rendait encore plus petite !

Und sie ließ hastig den Federfächer fallen
et elle laissa tomber l'éventail de plumes à la hâte
Sie ließ den Federfächer gerade noch rechtzeitig fallen, um sich zu retten
Elle laissa tomber l'éventail de plumes juste à temps pour se sauver
Hätte sie sich noch länger Luft zugefächelt, wäre sie völlig zusammengeschrumpft
Si elle s'était éventée plus longtemps, elle se serait complètement retirée
»Das war ein knappes Entkommen!« sagte Alice
« C'était une échappatoire de justesse ! » dit Alice
und sie erschrak sehr über die plötzliche Veränderung
et elle fut bien effrayée de ce changement soudain
aber sie war sehr froh, daß sie noch da war
mais elle était très heureuse de se trouver encore en existence
"Und jetzt ab in den Garten!"
« Et maintenant, en route pour le jardin ! »
Und sie lief mit aller Geschwindigkeit zurück zu der kleinen Tür
Et elle courut à toute vitesse vers la petite porte
Aber ach! Das Türchen wurde wieder geschlossen
Mais, hélas ! La petite porte fut refermée
Und das goldene Schlüsselchen lag wieder auf dem Glastisch
et la petite clé d'or était de nouveau posée sur la table de verre
"Es ist schlimmer als je!" dachte das arme Kind
« Les choses sont pires que jamais », pensa le pauvre enfant
"So klein war ich noch nie, niemals!"
« Je n'ai jamais été aussi petit que ça auparavant, jamais ! »
Bei diesen Worten rutschte ihr Fuß aus
En prononçant ces mots, son pied glissa
Und im nächsten Augenblick gab es ein großes Plätschern!
et un instant plus tard, il y eut une grande éclaboussure !
Sie stand bis zum Kinn im Salzwasser
Elle était dans l'eau salée jusqu'au menton
Ihre erste Idee war, dass sie irgendwie ins Meer gefallen war

Sa première idée fut qu'elle était tombée d'une manière ou
d'une autre dans la mer
Sie erkannte jedoch bald, worin sie sich befand
Cependant, elle s'est vite rendu compte dans quoi elle se
trouvait
Sie war in einer Tränenlache
Elle était dans une mare de larmes
**die Tränen, die sie geweint hatte, als sie zwei Meter groß
war**
les larmes qu'elle avait versées quand elle avait deux mètres
de haut

In diesem Augenblick hörte sie etwas
Juste à ce moment-là, elle entendit quelque chose
Etwas plätscherte im Pool herum
Quelque chose barbotait dans la mare
Das Plätschern kam aus einiger Entfernung
Les éclaboussures venaient d'un peu de loin
und sie schwamm näher, um zu sehen, was das Plätschern

war

et elle nagea plus près pour voir ce que c'était que les éclaboussures

Bald sah sie, dass es nur eine kleine Maus war

Elle vit bientôt que ce n'était qu'une petite souris

Auch die kleine Maus war ins Wasser geschlüpft

La petite souris s'était également glissée dans l'eau

Alice dachte bei sich über die Situation nach

Alice réfléchit à la situation

"Würde es etwas nützen, mit dieser Maus zu sprechen?"

« Serait-il utile de parler à cette souris ? »

"Hier unten steht alles auf dem Kopf"

« Tout est tellement à l'envers ici »

"Ich denke, es ist sehr wahrscheinlich, dass diese Maus sprechen kann."

« Je pense que c'est très probable que cette souris peut parler »

"Es schadet jedenfalls nicht, es zu versuchen"

« En tout cas, il n'y a pas de mal à essayer »

Also begann sie zu versuchen, mit der Maus zu sprechen

Alors elle a commencé à essayer de parler à la souris

"Oh Maus, kennst du den Weg aus diesem Pool?"

« Oh Souris, sais-tu comment sortir de cette mare ? »

"Ich bin es leid, hier herumzuschwimmen, oh Maus!"

« Je suis bien fatigué de nager ici, ô souris ! »

Die Maus schaute sie ziemlich neugierig an

La souris la regarda d'un air assez inquisiteur

Die Maus schien mit einem ihrer kleinen Augen zu blinzeln

La souris semblait cligner de l'œil avec l'un de ses petits yeux

Aber die kleine Maus sagte nichts

Mais la petite souris ne dit rien

"Vielleicht versteht die Maus kein Englisch!" dachte Alice

« Peut-être la souris ne comprend-elle pas l'anglais », pensa Alice

"Ich wage zu behaupten, es ist eine französische Maus"

« J'ose dis-le que c'est une souris française »

"Vielleicht kam diese Maus mit Wilhelm dem Eroberer herüber"

« peut-être que cette souris est venue avec Guillaume le
Conquérant »
Also fing sie wieder an, auf Französisch
Alors elle a recommencé, en français
"Wo ist meine Katze?", fragte sie auf Französisch
« Où est mon chat ? » a-t-elle demandé en français
es war der erste Satz in ihrem französischen Unterrichtsbuch
c'était la première phrase de son livre de leçons de français
Die Maus machte einen plötzlichen Sprung aus dem Wasser
La souris fit un saut soudain hors de l'eau
**Und die Maus schien am ganzen Leibe vor Schreck zu
zittern**
et la souris semblait frémir de frayeur
"Oh, ich bitte um Verzeihung!" rief Alice hastig
— Oh ! je vous demande pardon ! s'écria vivement Alice
Sie fürchtete, sie habe die Gefühle des armen Tieres verletzt
Elle craignait d'avoir blessé les sentiments du pauvre animal
"Ich habe ganz vergessen, dass du keine Katzen magst"
« J'oubliais que tu n'aimais pas les chats »
**"Ich mag keine Katzen!" rief die Maus mit schriller,
leidenschaftlicher Stimme**
« Je n'aime pas les chats ! » cria la Souris d'une voix aiguë et
passionnée
"Hättest du gerne Katzen, wenn du ich wärst?"
« Voudrais-tu des chats, si tu étais moi ? »
Alice tröstete die Maus in einem beruhigenden Ton
Alice réconforta la souris d'un ton apaisant
**"Naja, vielleicht würde ich an deiner Stelle auch keine
Katzen mögen"**
« Eh bien, peut-être que je n'aimerais pas non plus les chats si
j'étais vous »
"Bitte ärgern Sie sich nicht über die Erwähnung von Katzen"
« S'il vous plaît, ne soyez pas en colère à propos de la mention
des chats »
**"Und doch wünschte ich, ich könnte dir unsere Katze Dina
zeigen"**
« Et pourtant, j'aimerais pouvoir te montrer notre chat Dinah »

"Wenn du sie treffen würdest, würdest du wohl Gefallen an Katzen finden"

« Si vous la rencontriez, je pense que vous prendriez goût aux chats »

"Wenn du sie nur sehen könntest"

« Si seulement vous pouviez la voir »

"Sie ist so ein liebes, stilles Ding"

« Elle est une chose si chère et si calme »

Die Maus zitterte am ganzen Körper

La souris tremblait de partout

Alice war sich sicher, dass die Maus wirklich beleidigt sein musste

Alice était certaine que la souris devait être vraiment offensée

"Wir reden nicht mehr über sie, wenn du lieber nicht willst"

« On ne parlera plus d'elle, si tu préfères ne pas le faire »

"Wir, allerdings!" rief die Maus

« Nous, en effet ! » s'écria la Souris

Die Maus zitterte bis zum Ende ihres Schwanzes

La souris tremblait jusqu'au bout de sa queue

»Als ob ich über so ein Thema reden würde!«

« Comme si je voulais parler d'un tel sujet ! »

"Unsere Familie hat Katzen schon immer gehasst"

« Notre famille a toujours détesté les chats »

"Katzen; Gemeine, niedrige, gemeine Dinger!"

"Les chats ; des choses méchantes, basses, vulgaires !

"Laß mich den Namen nicht noch einmal hören!"

« Ne me laissez plus entendre le nom ! »

"Katzen will ich ja nicht mehr erwähnen!" sagte Alice

— Je ne parlerai plus des chats, en effet, dit Alice

Sie hatte es sehr eilig, das Thema zu wechseln

Elle était très pressée de changer de sujet

"Bist du... Lieben Sie Hunde?«

"Êtes-vous... Aimez-vous les chiens ?

"Es gibt so einen netten kleinen Hund in der Nähe unseres Hauses."

« Il y a un petit chien si gentil près de notre maison, »

"Ich möchte dir den kleinen Hund zeigen!"

« Je voudrais te montrer le petit chien ! »
"Dieser kleine Hund tötet alle Ratten und...
"Ce petit chien tue tous les rats et...
»O je!« rief Alice in traurigem Tone
« Oh ! mon Dieu ! » s'écria Alice d'un ton triste
»Ich fürchte, ich habe dich schon wieder beleidigt!«
« J'ai peur de t'avoir encore offensé ! »
Die Maus schwamm so schnell sie konnte von ihr weg
La souris nageait loin d'elle aussi vite qu'elle le pouvait
Und die Maus machte einen ziemlichen Aufruhr im Tümpel
et la souris fit tout un vacarme dans la mare
Da rief sie leise der Maus nach
Alors elle appela doucement la souris
"Meine liebe Maus, komm bitte zurück!"
« Ma chère souris, s'il vous plaît, revenez ! »
"Und wir werden nicht über Katzen sprechen"
« Et nous ne parlerons pas des chats »
"Und über Hunde müssen wir auch nicht reden"
« Et nous n'avons pas non plus besoin de parler des chiens »
Als die Maus das hörte, drehte sie sich um
Quand la souris entendit cela, elle se retourna
Und die kleine Maus schwamm langsam zu ihr zurück
et la petite souris nagea lentement vers elle
Das Gesicht der Maus war ganz blaß
Le visage de la souris était assez pâle
Und die Maus sprach mit leiser, zitternder Stimme
et la souris parla d'une voix basse et tremblante
"Lasst uns ans Ufer gehen"
« Allons à la rive »
"Und dann erzähle ich dir meine Geschichte"
« et ensuite je vous raconterai mon histoire »
**"Und du wirst verstehen, warum ich Katzen und Hunde
hasse"**
« et vous comprendrez pourquoi c'est moi qui déteste les chats
et les chiens »
Es war höchste Zeit zu gehen
Il était grand temps de partir

weil der Pool ziemlich voll wurde
parce que la piscine devenait assez bondée
Andere Vögel und Tiere waren in den Pool gefallen
D'autres oiseaux et animaux étaient tombés dans la mare
es gab eine Ente und einen Dodo
il y avait un Canard et un Dodo
und da waren ein Lory-Vogel und ein Adler
et il y avait un oiseau Lory et un aiglon
**und es gab noch einige andere interessant aussehende
Kreaturen**
et il y avait plusieurs autres créatures intéressantes
Alice führte den Weg aus dem Pool
Alice a ouvert la voie à la sortie de la piscine
und die ganze Gesellschaft der Tiere schwamm ans Ufer
et toute la troupe des animaux nagea jusqu'au rivage

Ein Caucus-Rennen und ein langer Schwanz
Une course de caucus et une longue traîne
Es waren in der Tat ein lustig aussehender Haufen Tiere
C'était en effet une bande d'animaux à l'allure amusante
und sie versammelten sich alle am Ufer des Wassers
et ils se rassemblèrent tous sur le bord de l'eau
die Vögel hatten alle zerzauste Federn
Les oiseaux avaient tous des plumes débraillées
und die pelzigen Tiere waren durchnässt
et les animaux à fourrure étaient trempés
und alle waren triefend nass, genervt und unwohl
et tous étaient trempés, agacés et mal à l'aise

Es gab eine Frage, die zuerst beantwortet werden musste
Il y avait une question à laquelle il fallait répondre en premier
Was ist der beste Weg für alle, um trocken zu werden?
Quelle est la meilleure façon pour tout le monde de se sécher ?
Sie hatten eine Konsultation zu diesem Thema
Ils ont tenu une consultation à ce sujet
Bald waren sie alle auf vertrautem Einvernehmen
Bientôt, ils furent tous en bons termes
Es war, als ob sie sie ihr ganzes Leben lang gekannt hätte
C'était comme si elle les avait connus toute sa vie
Die Maus schien eine Person mit einer gewissen Autorität

zu sein

La souris semblait être une personne d'une certaine autorité

"Setzt euch, ihr alle, und hört mir zu!

« Asseyez-vous, vous tous, et écoutez-moi ! »

"Ich werde euch bald wieder alle trocken machen!"

« Je vais bientôt vous faire sécher à nouveau ! »

Sie setzten sich alle auf einmal in einem großen Ring nieder

Ils s'assirent tous en même temps, dans un grand cercle

Und die kleine Maus saß in der Mitte

et la petite souris s'assit au milieu

"Ähm!" sagte die Maus mit einer wichtigen Miene

« Hum ! » dit la souris d'un air important

"Seid ihr bereit?"

« Êtes-vous tous prêts ? »

"Das ist das Trockenste, was ich kenne"

« C'est la chose la plus sèche que je connaisse »

»Schweigen Sie ringsum, wenn Sie wollen!«

« Silence tout autour, s'il vous plaît ! »

"Wilhelm der Eroberer wurde vom Papst begünstigt"

« Guillaume le Conquérant était favorisé par le pape »

"aber er wurde bald von den Engländern unterworfen"

« mais il fut bientôt soumis par les Anglais »

"Sie wollten in letzter Zeit Führer"

« Ils voulaient des leaders ces derniers temps »

"Und sie waren an Macht und Eroberung gewöhnt"

« et ils avaient été habitués au pouvoir et à la conquête »

"Edwin und Morcar, die Grafen von Mercia und Northumbria"

« Edwin et Morcar, les comtes de Mercie et de Northumbrie »

»Pfui!« sagte der Lori-Vogel mit einem Schauer

« Pouah ! » dit l'oiseau lori, avec un frisson

"und sogar Stigand, der patriotische Erzbischof von Canterbury"

« et même Stigand, l'archevêque patriote de Cantorbéry »

"Er fand es auch ratsam"

« Il l'a également trouvé opportun »

"Was hielt er für ratsam?" fragte die Ente

« Qu'a-t-il trouvé à propos ? » dit le canard

"Er fand es ratsam", antwortete die Maus ziemlich verärgert

— Il l'a trouvé opportun, répondit la souris d'un ton un peu contrarié

aber die Ente war nicht zufrieden

Mais le canard n'était pas satisfait

"Natürlich weißt du, was 'es' bedeutet"

« Bien sûr, vous savez ce que 'it' signifie »

"Ich weiß, was es ist, wenn ich etwas finde," sagte die Ente

« Je sais ce que c'est quand je trouve quelque chose », dit le canard

"Es ist in der Regel ein Frosch oder ein Wurm"

« C'est généralement une grenouille ou un ver »

"Die Frage ist, was hat der Erzbischof gefunden?"

« La question est de savoir ce que l'archevêque a trouvé ?

Die Maus bemerkte diese Frage nicht

La souris n'a pas remarqué cette question

Stattdessen fuhr die Maus hastig mit der Rede fort

Au lieu de cela, la souris continua précipitamment son discours

"Er fand es ratsam, mit Edgar Atheling zu gehen"

« il a jugé opportun d'aller avec Edgar Atheling »

"um William zu treffen und ihm die Krone anzubieten"

« pour rencontrer Guillaume et lui offrir la couronne »

fuhr die Maus fort und wandte sich dabei an Alice

la souris continua, se tournant vers Alice pendant qu'elle parlait

»Wie geht es dir jetzt, meine Liebe?«

« Comment allez-vous maintenant, ma chère ? »

»So naß wie immer,« sagte Alice in melancholischem Tone

— Aussi mouillée que jamais, dit Alice d'un ton mélancolique

"Diese Geschichte scheint mich überhaupt nicht auszutrocknen"

« Cette histoire n'a pas l'air de me tarir du tout »

»In diesem Falle,« sagte der Dodo feierlich und erhob sich

— Dans ce cas, dit solennellement le dodo en se levant

"Ich stimme dafür, dass die Sitzung vertagt wird"

« Je vote pour l'ajournement de la séance »

"und ich schlage vor, sofort energischere Heilmittel zu ergreifen"

« et je propose l'adoption immédiate de remèdes plus énergiques »

"Sprich wahre Worte!" sagte der Adler

« Dis des paroles vraies ! » dit l'aiglon

"Ich weiß nicht, was die Hälfte dieser langen Worte bedeutet"

« Je ne connais pas le sens de la moitié de ces longs mots »

»und außerdem glaube ich nicht, daß Sie es wissen!«

et, qui plus est, je ne crois pas que vous le sachiez non plus !

»Was ich sagen wollte«, sagte der Dodo in beleidigtem Ton

— Ce que j'allais dire, dit le dodo d'un ton offensé

"Das Beste, was uns trocken kriegt, wäre ein Caucus-Rennen"

« La meilleure chose à faire pour nous sécher serait une course au caucus »

»Was ist ein Caucus-Rennen?« fragte Alice

« Qu'est-ce qu'une course de caucus ? » demanda Alice

"Nun", sagte der Dodo, "der beste Weg, es zu erklären, ist, es zu tun."

« Eh bien, » dit le dodo, « la meilleure façon de l'expliquer, c'est de le faire »

"Zuerst steckte der Dodo eine Rennbahn ab"
« D'abord, le dodo a tracé un parcours »
"Die Strecke verlief in einer Art Kreis"
« La piste était dans une sorte de cercle »
"Und dann wurde die ganze Gesellschaft entlang der Strecke platziert"
« Et puis tout le groupe a été placé le long du parcours »
Es gab kein "Eins, zwei, drei und weg!"
Il n'y avait pas de « Un, deux, trois et c'est parti ! »
aber sie fingen an zu rennen, wann sie wollten
Mais ils ont commencé à courir quand ils voulaient
Und sie beendeten auch, wenn sie wollten
et ils finissaient aussi quand ils le voulaient
Es war also nicht einfach zu wissen, wann das Rennen vorbei war
Il n'était donc pas facile de savoir quand la course était terminée
Nach etwa einer halben Stunde Laufen waren sie alle ziemlich trocken
Après environ une demi-heure de course, ils étaient tous assez secs
der Dodo rief plötzlich: "Das Rennen ist vorbei!"
le dodo s'écria soudain : « La course est finie ! »
Und sie drängten sich alle um den Dodo
Et ils se pressèrent tous autour du Dodo
Alle Tiere hechelten und schnauften
Tous les animaux haletaient et soufflaient
und sie alle wollten wissen: "Aber wer hat gewonnen?"
et tous voulaient savoir : « Mais qui a gagné ? »
Diese Frage konnte der Dodo nicht sofort beantworten
Le dodo ne pouvait pas répondre immédiatement à cette question
Zuerst musste er sehr viel nachdenken
D'abord, il a dû beaucoup réfléchir
Nach langem Nachdenken sprach der Dodo schließlich
Après mûre réflexion, le dodo finit par parler
"Jeder hat gewonnen, und jeder muss Preise haben"

« Tout le monde a gagné, et tous doivent avoir des prix »

»Aber wer soll die Preise geben?« fragte ein Chor von Stimmen

« Mais qui doit donner les prix ? » demanda un chœur de voix

"Nun, sie natürlich", sagte der Dodo

— Eh bien, elle, bien sûr, dit le dodo

und der Dodo deutete mit einem Finger auf Alice

et le dodo pointa d'un doigt vers Alice

und die ganze Gesellschaft von Tieren drängte sich um sie

et toute la troupe des animaux se pressait autour d'elle

sie riefen verwirrt: »Preise! Preise!"

ils ont crié, d'une manière confuse : « Des prix ! Des prix !

Alice hatte keine Ahnung, was sie tun sollte

Alice n'avait aucune idée de ce qu'elle devait faire

Verzweifelt steckte sie die Hand in die Tasche

Désespérée, elle mit la main dans sa poche

Und sie zog eine Schachtel mit Süßigkeiten hervor

Et elle en sortit une boîte de bonbons

Glücklicherweise war das Salzwasser nicht in den Kasten gelangt

Heureusement, l'eau salée n'était pas entrée dans la boîte

Und sie reichte die Süßigkeiten als Preise herum

et elle a distribué les bonbons comme prix

Es gab genau ein Stück für jeden

Il y avait exactement une pièce pour tout le monde

Das nächste, was sie tun mussten, war, die Süßigkeiten zu essen

La prochaine chose qu'ils devaient faire était de manger les bonbons

Dies verursachte einige Geräusche und Verwirrung

Cela a causé du bruit et de la confusion

Die großen Vögel klagten, dass sie ihre Süßigkeiten nicht schmecken konnten

Les grands oiseaux se plaignaient de ne pas pouvoir goûter leurs bonbons

Die Kleinen verschluckten sich und mussten auf den Rücken geklopft werden

Les petits s'étouffaient et devaient être tapotés dans le dos
Doch dann war es endlich vorbei
Cependant, c'était enfin fini
Und sie setzten sich wieder in einem Ring nieder
Et ils se rassirent en cercle
Und sie flehten die Maus an, ihnen noch etwas zu erzählen
et ils supplièrent la souris de leur dire quelque chose de plus
»Du hast versprochen, mir deine Geschichte zu erzählen, weißt du,« sagte Alice
— Vous m'avez promis de me raconter votre histoire, vous savez, dit Alice
und sie machte noch eine kleine Bemerkung über Katzen im Flüsterton
et elle fit une autre petite remarque sur les chats à voix basse
Sie wollte die Maus nicht noch einmal beleidigen
Elle ne voulait pas offenser à nouveau la souris
die kleine Maus drehte sich zu Alice um und seufzte
la petite souris se tourna vers Alice et soupira
"Meine Geschichte ist lang und traurig!"
« Ma conte est long et triste ! »
»Es ist gewiß ein langer Schwanz,« sagte Alice
— C'est une longue queue, certainement, dit Alice
Und sie blickte verwundert auf den Schwanz der Maus hinunter
et elle baissa les yeux avec étonnement sur la queue de la souris
"Aber warum nennst du es einen traurigen Schwanz?"
« Mais pourquoi appelez-vous cela une queue triste ? »
Und sie rätselte unaufhörlich, während die Maus sprach
Et elle n'arrêtait pas de s'interroger à ce sujet pendant que la souris parlait
so daß ihre Vorstellung von der Geschichte ungefähr so aussah
de sorte que son idée de l'histoire était quelque chose comme ceci

"Fury said to
a mouse, That
he met in the
house, 'Let
us both go
to law: *I*
will prosecute
you——
Come, I'll
take no denial:
We must have
the trial;
For really
this morning
I've
nothing
to do.'
Said the
mouse to
the cur,
'Such a
trial, dear
sir, With
no jury
or judge,
would
be wasting
our
breath.'
'I'll be
judge,
I'll be
jury,'
said
cunning
old
Fury;
'I'll
try
the
whole
cause,
and
condemn
you to
death.'"

Fury sagte zu einer Maus, die er im Haus getroffen hat."
Fury dit à une souris : Qu'il s'est rencontré dans la maison.
Lasst uns beide vor Gericht gehen: Ich werde euch anklagen
Allons tous les deux en justice, je vous poursuivrai
Kommen Sie, ich leugne es nicht: Wir müssen den Prozeß haben
Allons, je n'accepterai aucun démenti : il faut que nous fassions l'épreuve
Denn heute morgen habe ich wirklich nichts zu tun
Car vraiment ce matin je n'ai rien à faire
Sagte die Maus zum Pfarrer;

Dit la souris au maudit ;
**Ein solcher Prozeß, lieber Herr, ohne Geschworene und
Richter, würde uns den Atem rauben**
Un tel procès, cher monsieur, sans jury ni juge, nous ferait
perdre notre souffle
**»Ich werde Richter sein, ich werde Geschworener sein«,
sagte der schlaue alte Fury**
« Je serai juge, je serai jury », dit le vieux rusé Fury
**Ich werde die ganze Sache prüfen und dich zum Tode
verurteilen**
Je vais juger toute la cause, et je vous condamnerai à mort
die Maus sprach streng zu Alice
la souris parla sévèrement à Alice
"Du passt nicht auf!"
« Tu ne fais pas attention ! »
"Woran denkst du?"
« À quoi pensez-vous ? »
»Ich bitte um Verzeihung,« sagte Alice sehr demütig
— Je vous demande pardon, dit Alice très humblement
»Sie waren in der fünften Kurve angelangt, glaube ich?«
« Tu étais arrivé au cinquième virage, je crois ? »
"Du beleidigst mich, indem du so einen Unsinn redest!"
« Vous m'insultez en disant de telles bêtises ! »
Und die Maus stand auf und ging weg
Et la souris se leva et s'éloigna
Alice rief der kleinen Maus hinterher
Alice appela la petite souris
"Bitte komm zurück und beende deine Geschichte!"
« S'il vous plaît, revenez et terminez votre histoire ! »
Und die andern stimmten alle in den Chor ein
Et les autres se joignirent tous en chœur
"Ja, bitte beenden Sie Ihre Geschichte!"
« Oui, s'il vous plaît, terminez votre histoire ! »
Aber die Maus schüttelte nur ungeduldig den Kopf
Mais la souris se contenta de secouer la tête avec impatience
Und die kleine Maus ging ein wenig schneller
et la petite souris marchait un peu plus vite

"Ich wünschte, ich hätte Dinah, unsere Katze, hier!" sagte
Alice

« Je voudrais bien avoir Dinah, notre chat, ici ! » dit Alice

Dies erregte in der Partei ein bemerkenswertes Aufsehen

Cela provoqua une sensation remarquable parmi le parti

Einige der Vögel eilten sofort davon

Quelques-uns des oiseaux se hâtèrent de s'éloigner

**und ein Kanarienvogel rief mit zitternder Stimme seinen
Kindern zu;**

et un canari appela d'une voix tremblante ses enfants ;

»Kommt fort, meine Lieben!«

« Allez-vous-en, mes chères ! »

"Es ist höchste Zeit, dass ihr alle im Bett seid!"

« Il est grand temps que vous soyez tous au lit ! »

Mit verschiedenen Ausreden gingen sie alle weg

Avec diverses excuses, ils sont tous partis

und Alice war bald allein

et Alice se retrouva bientôt seule

"Ich wünschte, ich hätte Dina nicht erwähnt!"

« J'aurais aimé ne pas avoir mentionné Dinah ! »

"Niemand scheint sie hier unten zu mögen"

« Personne n'a l'air de l'aimer ici »

**"Aber ich bin mir sicher, dass sie die beste Katze von der
Welt ist!"**

« Mais je suis sûr que c'est la meilleure chatte du monde ! »

Die arme Alice fing wieder an zu weinen

La pauvre Alice se remit à pleurer

weil sie sich sehr einsam und niedergeschlagen fühlte

parce qu'elle se sentait très seule et déprimée

Nach einer Weile aber hörte sie wieder etwas

Au bout de peu de temps, cependant, elle entendit de nouveau
quelque chose

ein leises Getrappel von Schritten in der Ferne

un petit bruit de pas au loin

und sie blickte eifrig auf

et elle leva les yeux avec impatience

Der Hase schickt den kleinen Mr. Bill herein
Le lapin envoie le petit M. Bill

Es war das weiße Kaninchen, das langsam wieder zurücktrabte
C'était le lapin blanc, qui revenait lentement au trot
Er sah sich ängstlich um, während er ging
Il regardait anxieusement autour de lui en chemin
Er sah aus, als hätte er etwas verloren
Il avait l'air d'avoir perdu quelque chose
Alice hörte, wie er vor sich hin murmelte
Alice l'entendit marmonner pour lui-même
»Die Herzogin! Die Herzogin! Oh, meine lieben Pfoten!"
— La duchesse ! La Duchesse ! Oh, mes chères pattes !
"Oh, mein Fell und meine Schnurrhaare!"
« Oh, ma fourrure et mes moustaches ! »
"Sie wird mich hinrichten lassen, da bin ich mir sicher"
« Elle va me faire exécuter, j'en suis sûr »
"Genauso sicher, wie Frettchen Frettchen sind!"
« Aussi sûr que les furets sont des furets ! »

"Wo kann ich meine Sachen abgestellt haben, frage ich
mich?"
« Où ai-je pu laisser tomber mes affaires, je me demande ? »
Alice erriet in einem Augenblick, was er suchte
Alice devina en un instant ce qu'il cherchait
Er war auf der Suche nach dem Federfächer
Il cherchait l'éventail de plumes
Und er suchte nach dem Paar weißer Handschuhe
et il cherchait la paire de gants blancs
**So machte sie sich sehr gutmütig auf die Suche nach den
Handschuhen**
Elle se mit donc très gentiment à chercher les gants
Und sie suchte auch nach dem Federfächer
Et elle chercha aussi l'éventail de plumes
**Aber die Handschuhe und der Federfächer waren nirgends
zu sehen**
Mais les gants et l'éventail de plumes étaient introuvables
**Alles schien sich verändert zu haben, seit sie im Pool
geschwommen war**
Tout semblait avoir changé depuis sa baignade dans la piscine
**Nichts war mehr so, wie es war, seit sie in der Großen Halle
gewesen war**
Rien n'était pareil depuis qu'elle était dans la grande salle
und der Glastisch war verschwunden
et la table de verre avait disparu
Und die kleine Tür war auch nicht da
Et la petite porte n'était pas là non plus
Sehr bald bemerkte das Kaninchen Alice
Très vite, le lapin remarqua Alice
rief er ihr in zornigem Ton zu
Il l'appela d'un ton furieux
"Mary Ann, was machst du hier draußen?"
« Mary Ann, que fais-tu ici ? »
"Lauf in diesem Moment nach Hause"
« Rentre chez toi à l'instant même »
"Und hol mir ein Paar Handschuhe und einen Federfächer!"
« Et apporte-moi une paire de gants et un éventail de plumes !

»
"Und beeil dich!"
« Et faites vite ! »
Alice sprach mit sich selbst, als sie davonrannte
Alice se parlait à elle-même en s'enfuyant
"Er muss mich für sein Hausmädchen gehalten haben!"
— Il a dû me prendre pour sa femme de chambre !
"Wie überrascht wird er sein, wenn er herausfindet, wer ich bin!"
« Comme il sera surpris quand il découvrira qui je suis ! »
Während sie dies sagte, stieß sie auf ein hübsches Häuschen
En disant cela, elle tomba sur une petite maison soignée
An der Tür des Hauses hing eine helle Messingplatte
Sur la porte de la maison se trouvait une plaque de laiton brillant
"W. HASE"
« W. LAPIN »
Sie trat ein, ohne an die Tür zu klopfen
Elle entra sans frapper à la porte
und sie eilte geradewegs die Treppe hinauf
et elle se hâta de monter l'escalier
sie machte sich Sorgen, dass sie die echte Mary Ann treffen könnte
elle craignait de rencontrer la vraie Mary Ann
denn dann würde sie aus dem Haus gejagt werden
parce qu'alors elle serait chassée de la maison
Und sie würde den Federfächer und die Handschuhe nicht finden können
et elle ne pourrait pas trouver l'éventail de plumes et les gants
Alice hatte den Weg in ein aufgeräumtes Kämmerlein gefunden
Alice s'était frayé un chemin dans une petite pièce bien rangée
Im Zimmer stand ein Tisch am Fenster
Dans la pièce, il y avait une table près de la fenêtre
und auf dem Tisch stand ein Federfächer
et sur la table, il y avait un éventail de plumes
Und da waren zwei oder drei Paar winzige weiße

Handschuhe
et il y avait deux ou trois paires de petits gants blancs
Sie hob den Federfächer und ein Paar Handschuhe auf
Elle ramassa l'éventail en plumes et une paire de gants
und sie war eben im Begriff, das Zimmer zu verlassen
et elle allait quitter la pièce
Aber dann fiel ihr Blick auf ein Fläschchen
mais alors ses yeux tombèrent sur une petite bouteille
Sie entkorkte die Flasche und führte sie an ihre Lippen
Elle déboucha la bouteille et la porta à ses lèvres
"Ich hoffe, dass ich dadurch wieder groß werde"
« J'espère que cela me fera redevenir grand »
"Ich bin es leid, so ein winziges Ding zu sein!"
« J'en ai marre d'être une toute petite chose ! »
Alice hatte kaum die halbe Flasche getrunken
Alice avait à peine bu la moitié de la bouteille
Ihr Kopf drückte bereits gegen die Decke
Sa tête était déjà appuyée contre le plafond
und sie musste sich bücken
et elle dut se baisser
um ihr das Genick vor dem Genickbruch zu bewahren
pour sauver son cou d'être brisé
Hastig stellte sie die Flasche ab
Elle posa précipitamment la bouteille
"Das reicht"
« C'est bien assez »
"Ich hoffe, ich wachse nicht mehr"
« J'espère que je ne grandirai plus »
Leider! Es war zu spät, das zu wünschen!
Hélas! Il était trop tard pour souhaiter cela !
Sie wuchs und wuchs weiter
Elle n'a cessé de grandir
und sehr bald musste sie sich auf den Boden knien
et très vite elle dut s'agenouiller sur le sol
und selbst dann wuchs sie weiter
Et même alors, elle a continué à grandir
Als letztes Mittel streckte sie einen Arm aus dem Fenster

Comme dernière ressource, elle passa un bras par la fenêtre
und sie setzte einen Fuß auf den Schornstein
et elle mit un pied dans la cheminée
"Jetzt kann ich nicht mehr, was auch immer passiert"
« Maintenant, je ne peux plus faire, quoi qu'il arrive »
»Was wird aus mir?«
« Que vais-je devenir ? »

Alice hatte Glück
Alice a eu un peu de chance
**Das kleine Zauberfläschchen hatte seine volle Wirkung
entfaltet**
La petite bouteille magique avait fait son plein effet
und Alice wurde nicht größer, als sie war
et Alice ne grandit pas plus qu'elle n'était
Nach ein paar Minuten hörte sie draußen eine Stimme
Au bout de quelques minutes, elle entendit une voix à
l'extérieur
Und sie blieb stehen, um der Stimme zu lauschen
et elle s'arrêta pour écouter la voix
»Mary Ann! Mary Ann!« sagte die Stimme

« Mary Ann ! Mary Ann ! dit la voix
"Hol mir gleich meine Handschuhe!"
« Apporte-moi mes gants tout de suite ! »
Dann ertönte ein leises Getrappel von Füßen auf der Treppe
Puis vint un petit claquement de pieds dans l'escalier
Alice wusste, dass es das Kaninchen war, das kam, um sie zu suchen
Alice savait que c'était le lapin qui venait la chercher
und sie zitterte, bis sie das Haus erschütterte
et elle trembla jusqu'à faire trembler la maison
Sie vergaß ganz, welche Proportionen sie hatte
elle oublia tout à fait quelles étaient ses proportions
Sie war tausendmal so groß wie das Kaninchen
Elle était mille fois plus grosse que le lapin
und sie hatte keinen Grund, sich vor einem Kaninchen zu fürchten
et elle n'avait aucune raison d'avoir peur d'un lapin
Bald kam das Kaninchen an die Tür heran
Bientôt le lapin s'approcha de la porte
Und das kleine Kaninchen versuchte, die Tür zu öffnen
et le petit lapin essaya d'ouvrir la porte
Die Tür begann sich nach innen zu öffnen
La porte a commencé à s'ouvrir vers l'intérieur
aber Alices Ellbogen wurde hart gegen die Tür gedrückt
mais le coude d'Alice était fortement appuyé contre la porte
Dieser Versuch erwies sich als Fehlschlag
Cette tentative s'est avérée un échec
Alice hörte, wie das Kaninchen mit sich selbst sprach
Alice entendit le lapin se parler à lui-même
"Dann gehe ich herum und steige durch das Fenster ein"
« Ensuite, je vais faire le tour et entrer par la fenêtre »
"Das wirst du nicht!" dachte Alice
« Que tu ne le feras pas ! » pensa Alice
und sie wartete wieder ein wenig
Et elle attendit encore un peu
Bald hörte sie das Kaninchen gerade unter dem Fenster
Bientôt, elle entendit le lapin juste sous la fenêtre

Plötzlich streckte sie ihre Hand aus
Elle étendit soudain la main
Und sie machte einen Sprung in die Luft
et elle fit une prise en l'air
Sie bekam nichts in die Finger
Elle n'a rien attrapé
aber sie hörte einen kleinen Schrei und einen Sturz
mais elle entendit un petit cri et une chute
und sie hörte ein Krachen von zerbrochenem Glas
et elle entendit un fracas de verre brisé
Vielleicht war das Kaninchen gefallen
Peut-être le lapin était-il tombé
Vielleicht war er in einem Gewächshaus
Peut-être était-il dans une serre
Dann ertönte eine zornige Stimme; Die Stimme des Kaninchens
Puis vint une voix en colère ; La voix du lapin
"Pat, wo bist du?"
« Pat, où es-tu ? »
Und dann ertönte eine Stimme, die sie noch nie zuvor gehört hatte
Et puis vint une voix qu'elle n'avait jamais entendue auparavant
"Euer Ehren, ich bin hier!"
« Votre honneur, je suis là ! »
"Ich grabe nach Äpfeln"
« Je creuse pour trouver des pommes »
»Hier! Komm und hilf mir da raus!"
« Ici ! Venez m'aider à m'en sortir ! »
»Nun sag mir, Pat, was ist das da im Fenster?«
« Maintenant, dis-moi, Pat, qu'est-ce qu'il y a dans la fenêtre ? »
"Sicher, Euer Ehren, ich werde es Ihnen sagen"
« Bien sûr, Votre Honneur, je vais vous le dire »
"Das ist ein Arm, der im Fenster steckt!"
« C'est un bras qui est dans la fenêtre ! »
"Na ja, da hat ein Arm nichts zu suchen"

« Eh bien, un bras n'a rien à faire là-bas »
"Geh und nimm den Arm weg!"
« Va et enlève le bras ! »
Hierauf trat ein langes Schweigen ein
Il y eut un long silence après cela
und Alice konnte nur ab und zu ein Flüstern hören
et Alice n'entendait que des chuchotements de temps en
temps
und endlich streckte sie die Hand wieder aus
et enfin elle étendit de nouveau la main
Und sie machte einen weiteren Sprung in die Luft
et elle fit une autre arrachée dans les airs
Diesmal gab es zwei kleine Schreie
Cette fois, il y eut deux petits cris
und es gab noch mehr Geräusche von zerbrochenem Glas
et il y avait d'autres bruits de verre brisé
"Ich möchte wohl wissen, was sie nun tun werden!" dachte
Alice
« Je me demande ce qu'ils vont faire ensuite ! » pensa Alice
"Ich wünschte, sie würden mich aus dem Fenster ziehen"
« J'aimerais qu'ils me tirent par la fenêtre »
Sie wartete eine Weile
Elle attendit un certain temps
aber eine Weile hörte sie nichts mehr
Mais pendant un moment, elle n'entendit plus rien
Endlich ertönte das Rumpeln kleiner Rädchen
Enfin, il y eut un grondement de petites roues
Und da ertönten viele Stimmen
et il y eut le son d'un bon nombre de voix
Alle Stimmen sprachen miteinander
Toutes les voix parlaient ensemble
Sie konnte einige der Worte verstehen
Elle pouvait distinguer certaines des paroles
"Wo ist die andere Leiter?"
« Où est l'autre échelle ? »
"Bill hat die andere Leiter"
« Bill a l'autre échelle »

"Bill, komm her!"
« Bill, viens ici ! »
"Wird das Dach die Last tragen?"
« Le toit va-t-il supporter le fardeau ? »
"Wer will schon den Schornstein hinuntergehen?"
« Qui veut descendre par la cheminée ? »
»Nein, das werde ich nicht! Du machst es!"
— Non, je ne le ferai pas ! Vous le faites !
»Hier, Bill!«
« Tiens, Bill ! »
"Der Meister sagt, du musst in den Schornstein hinunter!"
« Le maître dit qu'il faut descendre par la cheminée ! »
Alice zog ihren Fuß so weit den Schornstein hinab, wie sie konnte
Alice descendit son pied aussi loin qu'elle le put dans la cheminée
Und dann wartete sie, was kommen würde
Et puis elle attendit de voir ce qui allait arriver
Sie hörte ein kleines Tier kratzen und krabbeln
Elle entendit un petit animal gratter et se débattre
Das Tierchen muss sich im Schornstein befinden
Le petit animal doit être dans la cheminée
dann gab sie einen scharfen Tritt
Puis elle donna un coup de pied sec
Und sie wartete ab, was als nächstes geschehen würde
et elle attendit de voir ce qui allait se passer ensuite
Sie hörte einen allgemeinen Chor von Stimmen
Elle entendit un chœur général de voix
"Da geht Bill!", sagten alle
« Voilà Bill ! » dirent-ils tous
Dann hörte sie allein die Stimme des Kaninchens
Puis elle entendit la voix du lapin seule
"Du an der Hecke, fang ihn!"
« Toi par la haie, attrape-le ! »
Es trat wieder ein Augenblick des Schweigens ein
Il y eut un autre moment de silence
Und dann gab es wieder ein Stimmengewirr

Et puis il y eut une autre confusion de voix
"Halt seinen Kopf hoch, Brandy"
« Lève la tête, Brandy »
"Pass auf, dass du ihn nicht würgst"
« Attention à ne pas l'étouffer »
"Was ist mit dir passiert?"
« Qu'est-ce qui t'est arrivé ? »
Zuletzt kam eine kleine, schwache, quietschende Stimme
Enfin, une petite voix faible et grinçante est apparue
"Nun, ich weiß es kaum mehr"
« Eh bien, je n'en sais presque pas plus »
"Danke euch allen, mir geht es jetzt besser"
« merci à tous, je vais mieux maintenant »
"Es gibt eine Sache, an die ich mich erinnern kann"
« il y a une chose dont je peux me souvenir »
"Irgendetwas kommt auf mich zu wie ein Zug im Tunnel"
« Quelque chose vient à moi comme un train dans un tunnel »
"Und ich fliege hoch wie eine Rakete!"
« Et je vole comme une fusée ! »
Es gab ein oder zwei Minuten des Schweigens
Il y eut une minute ou deux de silence
Und dann fingen sie wieder an, sich zu bewegen
puis ils ont recommencé à se déplacer
und Alice hörte das Kaninchen wieder sprechen
et Alice entendit de nouveau le Lapin parler
"Ein Karren voll reicht für den Anfang"
« Une brouette fera l'affaire, pour commencer »
"Einen Karren voll wovon?" dachte Alice
« Une brouette pleine de quoi ? » pensa Alice
Aber sie wurde nicht lange in Atem gehalten
Mais elle ne fut pas tenue en suspens longtemps
Ein Regen von kleinen Kieselsteinen drang durch das Fenster
Une pluie de petits cailloux est passée par la fenêtre
und einige der kleinen Kieselsteine trafen sie im Gesicht
et quelques petits cailloux l'ont frappée au visage
Alice wunderte sich über die kleinen Kieselsteine

Alice fut surprise par les petits cailloux
all die kleinen Kieselsteine verwandelten sich in Kuchen
Tous les petits cailloux se transformaient en gâteaux
und eine glänzende Idee kam ihr in den Kopf
et une idée lumineuse lui vint à l'esprit
"Einen von diesen Kuchen sollte ich essen"
« Je devrais manger un de ces gâteaux »
"Der Kuchen wird sicher etwas an meiner Größe ändern"
« Le gâteau ne manquera pas de faire changer ma taille »
Also schluckte sie einen der Kuchen
Alors elle a avalé l'un des gâteaux
und sie freute sich, als sie feststellte, dass sie anfing zu schrumpfen
et elle fut ravie de constater qu'elle commençait à rétrécir
Bald war sie klein genug, um durch die Tür zu kommen
Bientôt, elle fut assez petite pour franchir la porte
Sie rannte aus dem Haus
Elle s'est enfuie de la maison
Draußen wartete eine Menge kleiner Tiere und Vögel
Une foule de petits animaux et d'oiseaux attendaient dehors
alle kleinen Vögel und Tiere stürzten sich auf Alice
tous les petits oiseaux et les petits animaux se précipitèrent sur Alice
aber sie rannte davon, so schnell sie konnte
Mais elle s'enfuit aussi vite qu'elle le put
und bald fand sie sich sicher in einem dichten Walde
et bientôt elle se trouva en sécurité dans un bois épais
Alice irrte im Walde umher
Alice errait dans les bois
Und sie dachte bei sich:
Et elle pensa en elle-même :
"Ich weiß, was ich zuerst zu tun habe"
« Je sais ce que je dois faire en premier »
"erst muss ich wieder auf meine richtige Größe wachsen"
« Je dois d'abord grandir à ma bonne taille »
"Und dann muss ich den Weg in diesen schönen Garten finden"

« et puis je dois trouver mon chemin dans ce joli jardin »

"Ich glaube, ich sollte irgendetwas essen oder trinken"

« Je suppose que je devrais manger ou boire quelque chose ou autre »

"Aber die Frage ist, was soll ich essen oder trinken?"

« Mais la question est de savoir ce que je dois manger ou boire ? »

Alice blickte sich um und betrachtete die Blumen

Alice regarda tout autour d'elle les fleurs

Und sie schaute durch die Grashalme hindurch

et elle regarda à travers les brins d'herbe

aber sie konnte nichts zu essen und zu trinken sehen

mais elle ne voyait rien à manger ni à boire

Nichts sah nach dem Richtigen zum Essen oder Trinken aus

Rien ne semblait être la bonne chose à manger ou à boire

In ihrer Nähe wuchs ein großer Pilz

Il y avait un gros champignon qui poussait près d'elle

der Pilz war ungefähr so groß wie Alice

le champignon était à peu près de la même taille qu'Alice

Sie streckte sich auf den Zehenspitzen auf

Elle s'étira sur la pointe des pieds

Und sie guckte über den Rand des Pilzes

Et elle jeta un coup d'œil par-dessus le bord du champignon

Ihre Augen trafen sofort die Augen einer großen blauen Raupe

Ses yeux rencontrèrent immédiatement les yeux d'une grande chenille bleue

Die Raupe saß auf der Spitze des Pilzes

La chenille était assise sur le sommet du champignon

und die Raupe hatte alle Arme gekreuzt

et la chenille avait croisé tous ses bras

Und er rauchte leise eine lange Wasserpfeife

et il fumait tranquillement un long narguilé

und er nahm nicht die geringste Notiz von irgendetwas

et il ne faisait pas la moindre attention à rien

und er achtete gewiß nicht auf Alice

et il n'a certainement pas fait attention à Alice

Ratschläge von einer Raupe
Les conseils d'une chenille

Endlich nahm die Raupe die Shisha aus dem Maul
Finalement, la chenille a retiré le narguilé de sa bouche
und er redete Alice mit einer trägen, schläfrigen Stimme an
et il s'adressa à Alice d'une voix languissante et endormie
"Wer bist du?" fragte die Raupe
« Qui es-tu ? » demanda la chenille

Alice antwortete etwas schüchtern: "Ich weiß es kaum, Sir."
Alice a répondu, plutôt timidement : « Je sais à peine,
monsieur. »
"Gerade im Moment ist alles ein bisschen..."
« Juste pour le moment, c'est un peu... »
**"Ich weiß, wer ich war, als ich heute Morgen aufgestanden
bin."**
« Je sais qui j'étais quand je me suis levé ce matin" »
**"aber ich glaube, ich muss mich seitdem mehrmals verändert
haben"**
« mais je pense que j'ai dû changer plusieurs fois depuis »
"Was meinst du damit?" sagte die Raupe
« Qu'est-ce que tu veux dire par là ? » dit la chenille

Streng forderte die Raupe sie auf, sich zu erklären
sévèrement, la chenille lui demanda de s'expliquer
»Ich kann mich nicht erklären, fürchte ich, Sir«, sagte Alice
— Je ne peux pas m'expliquer, j'en ai peur, monsieur, dit Alice
"weil ich nicht ich selbst bin"
« parce que je ne suis pas moi-même »
"Du siehst, es ist sehr verwirrend, so viele verschiedene
Größen an einem Tag zu haben"
« Vous voyez, être de tant de tailles différentes en une journée,
c'est très déroutant »
Sie raffte sich auf und sagte sehr ernst:
Elle se redressa et dit très gravement :
"Ich denke, du solltest mir zuerst sagen, wer du bist"
« Je pense que tu devrais me dire qui tu es, en premier »
"Warum?" fragte die Raupe
« Pourquoi ? » demanda la chenille
Alice fiel kein guter Grund ein
Alice ne voyait aucune bonne raison
und die Raupe schien sich in einem sehr unangenehmen
Gemütszustand zu befinden
et la chenille semblait être dans un état d'esprit très
désagréable
also wandte sie sich ab
alors elle s'en retourna
"Komm zurück!" rief ihr die Raupe nach
« Reviens ! » la chenille l'appela
"Ich habe etwas Wichtiges zu sagen!"
« J'ai quelque chose d'important à dire ! »
Alice drehte sich um und kam wieder zurück
Alice se retourna et revint
"Behalte die Fassung!" sagte die Raupe
« Garde ton sang-froid », dit la chenille
»Ist das alles?« fragte Alice
— C'est tout ? dit Alice
und sie schluckte ihren Zorn hinunter, so gut sie konnte
Et elle ravala sa colère de son mieux
"Nein!" sagte die Raupe

« Non, » dit la chenille

Die Raupe breitete ihre Arme aus

La chenille déplia ses bras

Und er nahm die Shisha wieder aus dem Mund

Et il retira le narguilé de sa bouche

Und er sagte: "Du glaubst also, du bist verändert, oder?"

et il a dit : « Vous pensez donc que vous avez changé, n'est-ce pas ? »

»Ich fürchte, ich bin verändert, Sir,« sagte Alice

— J'ai peur, je suis changée, monsieur, dit Alice

"Ich kann mich nicht mehr so an Dinge erinnern, wie ich sie früher in Erinnerung hatte"

« Je ne me souviens plus des choses comme je m'en souvenais »

"Und ich bleibe nicht länger als zehn Minuten gleich groß!"

« et je ne reste pas plus de dix minutes de la même taille ! »

"Wie groß willst du sein?" fragte die Raupe

« Quelle taille veux-tu faire ? » demanda la chenille

»Oh, es ist mir nicht besonders wichtig, wie groß ich bin«, erwiderte Alice hastig

— Oh, ma taille ne me dérange pas particulièrement, répondit vivement Alice

"Ich mag es einfach nicht, so oft die Größe zu wechseln, weißt du"

« Je n'aime pas changer de taille si souvent, vous savez »

"Ich würde gerne etwas größer sein, Sir"

« J'aimerais être un peu plus grand, monsieur »

»wenn es dir nichts ausmacht,« fügte Alice hinzu

— Si cela ne vous dérange pas, ajouta Alice

"Zehn Zentimeter sind so eine erbärmliche Größe"

« Dix centimètres, c'est une taille si misérable »

"Das ist wirklich eine sehr gute Höhe!" sagte die Raupe ärgerlich

« C'est une très bonne hauteur en effet ! » dit la chenille avec colère

und er richtete sich auf, während er sprach

et il se redressa tout en parlant

Er war genau zehn Zentimeter groß

Il mesurait exactement dix centimètres de haut

In ein oder zwei Minuten war die Raupe vom Pilz heruntergekommen

Au bout d'une minute ou deux, la chenille s'est détachée du champignon

und er kroch ins Gras

et il s'enfonça en rampant dans l'herbe

Als er sich entfernte, machte er einige kleine Bemerkungen

En s'éloignant, il fit quelques petites remarques

"Eine Seite lässt dich größer werden"

« Un côté vous fera grandir »

"Und die andere Seite wird dich kleiner werden lassen"

« Et l'autre côté te fera rapetisser »

"Eine Seite wovon?" dachte Alice bei sich

« Un côté de quoi ? » pensa Alice en elle-même

"Die andere Seite von was?"

« L'autre côté de quoi ? »

"Die Seite des Pilzes!" sagte die Raupe

« Le côté du champignon », dit la chenille

Es war, als hätte sie ihre Frage laut gestellt

C'était comme si elle avait posé sa question à haute voix

und im nächsten Augenblick war er außer Sichtweite

et un instant plus tard, il fut hors de vue

Alice blieb stehen und betrachtete den Pilz nachdenklich

Alice resta pensivement à regarder le champignon

Sie versuchte herauszufinden, welche die beiden Seiten des Pilzes waren

Elle essayait de distinguer quels étaient les deux côtés du champignon

Endlich streckte sie ihre Arme um den Pilz

Enfin, elle étendit ses bras autour du champignon

und sie brach ein Stück der Ränder ab

Et elle cassa un peu les bords

»Und nun, welche Seite ist welche?« fragte sie sich

« Et maintenant, de quel côté est-ce ? » se dit-elle

und sie knabberte ein wenig von dem Stück der rechten

Hand
et elle grignota un peu du mors de la main droite
**Im nächsten Augenblick spürte sie einen heftigen Schlag
unter ihrem Kinn**
L'instant d'après, elle sentit un violent coup sous son menton
Ihr Kinn hatte ihren Fuß getroffen!
Son menton avait heurté son pied !
**Sie war sehr erschrocken über diese sehr plötzliche
Veränderung**
Elle fut bien effrayée par ce changement très soudain
Sie schrumpfte sehr schnell
Elle rétrécissait très rapidement
Also aß sie schnell etwas von dem anderen Stück Pilz
Alors elle a rapidement mangé un peu de l'autre morceau de
champignon
Ihr Kinn war sehr eng gegen ihren Fuß gepresst
Son menton était très serré contre son pied
Es war kaum Platz, um den Mund aufzumachen
Il y avait à peine de la place pour ouvrir la bouche
aber schließlich gelang es ihr, den Mund aufzumachen
mais elle parvint enfin à ouvrir la bouche
und sie schluckte einen Bissen von dem linken Stück
et elle avala un morceau du mors de la main gauche
»mein Kopf ist endlich frei!« sagte Alice
« Ma tête a enfin été libérée ! » dit Alice
Sie blickte an sich herunter
Elle baissa les yeux sur elle-même
aber alles, was sie sehen konnte, war ein ungeheurer Hals
mais tout ce qu'elle pouvait voir, c'était une immense
longueur de cou
Ihr Hals schien sich wie ein Stiel zu erheben
Son cou semblait se dresser comme une tige
Und sie blickte auf ein Meer von grünen Blättern hinab
et elle baissa les yeux sur une mer de feuilles vertes
"Wo sind meine Schultern geblieben?"
« Où sont passées mes épaules ? »
»Und ach, meine armen Hände, wie kommt es, daß ich euch

nicht sehen kann?«

« Et oh, mes pauvres mains, comment se fait-il que je ne puisse pas vous voir ? »

Aber ihr Hals hatte einen Vorteil

Mais son cou avait un avantage

Sie konnte ihren Kopf in jede Richtung bewegen

Elle pouvait bouger la tête dans n'importe quelle direction

Tatsächlich war sie wie eine Schlange

En fait, elle était comme un serpent

Sie senkte anmutig ihren Kopf im Zickzack

Elle zigzague gracieusement, la tête baissée

Und sie bewegte ihren Kopf durch die Bäume

et elle remua la tête à travers les arbres

Aber dann hörte sie ein scharfes Zischen

Mais elle entendit alors un sifflement aigu

Und sie zog schnell den Kopf zurück

Et elle tira rapidement la tête en arrière

Eine große Taube war ihr ins Gesicht geflogen

Un gros pigeon lui avait volé au visage

und die Taube fuhr mit den Flügeln heftig zusammen

et le pigeon était violemment avec ses ailes

»Schlange!« rief die Taube

« Serpent ! » cria le pigeon

"Ich bin keine Schlange!" sagte Alice entrüstet

« Je ne suis pas un serpent ! » dit Alice avec indignation

"Laß mich in Ruhe!"

« Laisse-moi tranquille ! »

"Ich habe die Wurzeln von Bäumen ausprobiert"

« J'ai essayé les racines des arbres »

"Und ich habe es mit Hecken versucht", fuhr die Taube fort

— Et j'ai essayé des haies, continua le pigeon

»Aber diese Schlangen! Man kann es ihnen nicht recht machen!"

« Mais ces serpents ! Il n'y a pas moyen de leur plaire !

Alice war immer verwirrter

Alice était de plus en plus perplexe

"Als ob es nicht schon Mühe genug wäre, die Eier auszubrüten!" sagte die Taube

« Comme si ce n'était pas assez compliqué de faire éclore les œufs », a déclaré le pigeon

"Tag und Nacht muss ich mich auch vor Schlangen in Acht nehmen!"

« Nuit et jour, je dois aussi faire attention aux serpents ! »

"Ich hatte gerade den höchsten Baum im Wald gefunden"

« Je venais de trouver l'arbre le plus haut de la forêt »

"Wäre ich hier sicher frei von Schlangen?"

« Je serais sûrement libre des serpents ici ? »

"Und heraus kommt eine Schlange vom Himmel!"

« Et un serpent sort du ciel ! »

"Aber ich bin keine Schlange, sage ich dir!" sagte Alice

« Mais je ne suis pas un serpent, je vous le dis ! » dit Alice

"Ich bin ein... Ich bin ein... Ich bin ein kleines Mädchen«, fügte sie etwas zweifelnd hinzu

"Je suis un... Je suis un... Je suis une petite fille, ajouta-t-elle d'un air un peu dubitatif

Schließlich hatte sie viele Veränderungen durchgemacht

Après tout, elle avait traversé beaucoup de changements

"Du suchst Eier!" sagte die Taube

« Tu cherches des œufs », dit le pigeon
"Das weiß ich mit Sicherheit"
« Je le sais pertinemment »
"Und was macht es aus, ob du ein kleines Mädchen oder eine Schlange bist?"
« Et qu'importe que vous soyez une petite fille ou un serpent ? »
»Es liegt mir sehr viel daran,« sagte Alice hastig
— Cela m'importe beaucoup, dit Alice à la hâte
"Aber ich bin nicht auf der Suche nach Eiern, wie es der Zufall will"
« mais je ne cherche pas d'œufs, en l'occurrence »
"Und ich würde deine Eier sowieso nicht wollen"
« et je ne voudrais pas de tes œufs de toute façon »
"Ich mag meine Eier nicht roh"
« Je n'aime pas mes œufs crus »
»Nun, dann fort!« sagte die Taube in mürrischem Tone
« Eh bien, allez-vous-en ! » dit le pigeon d'un ton boudeur
und die Taube ließ sich wieder in ihrem Nest nieder
et le pigeon se posa de nouveau dans son nid
Alice kauerte sich zwischen die Bäume, so gut sie konnte
Alice s'accroupit parmi les arbres du mieux qu'elle put
Ihr Hals verfing sich immer wieder zwischen den Ästen
Son cou ne cessait de s'emmêler parmi les branches
Hin und wieder musste sie anhalten und ihren Hals aufdrehen
De temps en temps, elle devait s'arrêter et se tordre le cou
Nach einer Weile erinnerte sie sich an den Pilz
Au bout d'un moment, elle se souvint du champignon
Sie hielt die Pilzstücke noch immer in ihren Händen
Elle tenait toujours les morceaux de champignon dans ses mains
Und sie machte sich sehr vorsichtig an die Arbeit
et elle se mit à l'œuvre avec beaucoup de soin
Zuerst knabberte sie an einem Stück
D'abord, elle a grignoté un morceau
Und dann knabberte sie an dem anderen Stück

puis elle grignota l'autre morceau
Manchmal wurde sie größer
Parfois, elle grandissait
und manchmal wurde sie kleiner
et parfois elle devenait plus petite
Aber schließlich erreichte sie ihre übliche Größe
Mais finalement, elle a atteint sa taille habituelle
Sie war schon seit einiger Zeit nicht mehr so groß wie sie selbst
Elle n'avait pas été de sa taille depuis un certain temps
So fühlte sich alles eine Zeit lang seltsam an
Tout m'a semblé étrange pendant un moment
"Das nächste, was zu tun ist, ist, in diesen schönen Garten zu gehen"
« La prochaine chose à faire est d'entrer dans ce beau jardin »
»wie soll man das machen?«
« Comment cela se fera-t-il, je me demande ? »
Während sie dies sagte, stieß sie auf einen offenen Platz
En disant cela, elle tomba sur un endroit ouvert
Da war ein kleines Haus, etwas höher als einen Meter
Il y avait une petite maison, un peu plus haute qu'un mètre
"Ich frage mich, wer in diesem kleinen Haus wohnt"
« Je me demande qui habite cette petite maison »
"So groß wie ich bin, kann ich sicher nicht reingehen"
« Je ne peux certainement pas y aller aussi grand que je le suis »
"Ich würde sie fürchterlich erschrecken!"
« Je les effrayerais terriblement ! »
Also knabberte sie wieder an dem kleinen Pilz
alors elle grignota à nouveau le petit champignon
Und bald brachte sie sich dreißig Zentimeter tief
et bientôt elle s'abaissa de trente centimètres

Ein Schwein und etwas Pfeffer
Un cochon et du poivre

Ein oder zwei Minuten lang stand sie da und betrachtete das Haus
Pendant une minute ou deux, elle resta à regarder la maison
Plötzlich kam ein Lakai aus dem Walde gerannt
Soudain, un valet de pied sortit en courant des bois
Er trug eine spezielle Livree-Uniform
Il portait un uniforme de livrée spécial
Seinem Gesicht nach zu urteilen, hätte sie ihn einen Fisch genannt
à en juger par son seul visage, elle l'aurait traité de poisson
und er klopfte laut mit den Fingerknöcheln an die Tür
et il frappa bruyamment à la porte avec ses jointures
Die Tür wurde von einem anderen Lakaien geöffnet
La porte fut ouverte par un autre valet de pied
Auch dieser Lakai trug eine besondere Livree
Ce valet de pied portait également une livrée spéciale
Dieser Lakai hatte ein rundes Gesicht und große Augen wie ein Frosch
Ce valet de pied avait un visage rond et de grands yeux comme une grenouille

**Der Lakai, der wie ein Fisch aussah, leitete die Zeremonie
ein**
C'est le valet de pied qui ressemblait à un poisson qui a initié
la cérémonie
Er zog etwas unter seinem Arm hervor
Il sortit quelque chose de sous son bras
Und er zog unter seinem Arm einen Umschlag hervor
et il tira de dessous son bras une enveloppe
und diesen Umschlag übergab er dem andern Lakaien
et cette enveloppe, il la remit à l'autre valet de pied
In zeremoniellem Tone teilte er ihm die Befehle mit
D'un ton cérémoniel, il lui donna les ordres
"Diese Botschaft ist für die Herzogin"
« Ce message s'adresse à la duchesse »
"Eine Einladung der Königin zum Krocketspielen"
« Une invitation de la reine à jouer au croquet »
**Der Lakai, der wie ein Frosch aussah, wiederholte den
Befehl**
Le valet de pied qui ressemblait à une grenouille répéta l'ordre
"Von der Königin"
« De la reine »
"Eine Einladung"
« Une invitation »
"für die Herzogin"
« pour la duchesse »
"Krocket spielen"
« Jouer au croquet »
Dann verbeugten sie sich beide tief
Puis ils s'inclinèrent tous les deux
**und die Locken in ihren Perücken verwickelten sich
ineinander**
et les boucles de leurs perruques s'emmêlèrent
Bald war der Lakai, der wie ein Fisch aussah, verschwunden
Bientôt, le valet de pied qui ressemblait à un poisson a disparu
**Aber der Lakai, der wie ein Frosch aussah, war immer noch
da**
Mais le valet de pied qui ressemblait à une grenouille était

toujours là
Er saß auf dem Boden in der Nähe der Tür
Il était assis par terre près de la porte
Er starrte dumm in den Himmel
Il regardait bêtement le ciel
Alice ging schüchtern zur Tür und klopfte
Alice s'approcha timidement de la porte et frappa
»Es hat keinen Zweck, anzuklopfen,« sagte der Lakai
— Il ne sert à rien de frapper, dit le valet de pied
"Und das aus zwei Gründen"
« Et ce, pour deux raisons »
"Erstens, weil ich auf der gleichen Seite der Tür stehe wie du"
« D'abord, parce que je suis du même côté de la porte que toi »
"Zweitens, weil sie drinnen so viel Lärm machen"
« Deuxièmement, parce qu'ils font tellement de bruit à l'intérieur »
"Niemand könnte dich hören"
« Personne ne pouvait vous entendre »
Und es war gewiß ein höchst merkwürdiger Lärm im Innern
Et il y avait certainement un bruit des plus extraordinaires à l'intérieur
ein ständiges Heulen und Niesen
des hurlements et des éternuements constants
und ab und zu ein Geräusch von großem Krachen
et de temps en temps un bruit de grand fracas
als ob eine Schüssel oder ein Wasserkocher in Stücke zerbrochen wäre
comme si un plat ou une bouilloire avait été brisé en morceaux
"Wie soll ich da reinkommen?" fragte Alice
« Comment vais-je entrer ? » demanda Alice
»Wollen Sie überhaupt hineinkommen?« fragte der Lakai
— Faut-il que tu entres ? dit le valet de pied
"Das ist die erste Frage, weißt du"
« C'est la première question, vous savez »
Alice öffnete die Tür und trat ein
Alice ouvrit la porte et entra

Die Tür führte direkt in eine große Küche
La porte menait directement à une grande cuisine
Die Küche war von einem Ende bis zum anderen voller Rauch
La cuisine était pleine de fumée d'un bout à l'autre
in der Mitte der Küche saß die Herzogin
au milieu de la cuisine se trouvait la duchesse
Sie saß auf einem dreibeinigen Hocker
Elle était assise sur un tabouret à trois pieds
und sie stillte ein Baby
et elle allaitait un bébé
Die Köchin beugte sich über das Feuer
Le cuisinier était penché au-dessus du feu
Er rührte einen großen Kessel
Il remuait un grand chaudron
und der Kessel schien mit Suppe gefüllt zu sein
et le chaudron semblait être plein de soupe
"Da ist sicher zu viel Pfeffer drin!" sagte Alice zu sich selbst
« Il y a certainement trop de poivre dans cette soupe ! » Alice se dit
Sie sagte es, so gut sie konnte, ohne zu niesen
Elle l'a dit du mieux qu'elle a pu sans éternuer
Sogar die Herzogin nieste gelegentlich
Même la duchesse éternuait de temps en temps
Aber die Handlungen des Babys waren am bemerkenswertesten
Mais les actions du bébé étaient les plus remarquables
Das Baby nieste und heulte abwechselnd
Le bébé éternuait et hurlait alternativement
Es gab keinen Augenblick Pause zwischen Heulen und Niesen
Il n'y avait pas un instant de pause entre les hurlements et les éternuements
Es gab zwei Kreaturen in der Küche, die nicht niesten
Il y avait deux créatures dans la cuisine qui n'éternuaient pas
Die Köchin war zu beschäftigt, um zu niesen
Le cuisinier était trop occupé pour éternuer

Und die große Katze schien sich nicht an dem Pfeffer zu stören
et le gros chat ne semblait pas se soucier du poivre
Stattdessen grinste die große Katze von einem Ohr zum anderen
Au lieu de cela, le gros chat souriait d'une oreille à l'autre
»Bitte, würdest du es mir sagen,« sagte Alice ein wenig schüchtern
— Pourriez-vous me le dire, s'il vous plaît, dit Alice un peu timidement
"Warum grinst deine Katze so?"
« Pourquoi ton chat sourit-il comme ça ? »
»Es ist eine Cheshire-Katze,« sagte die Herzogin
« C'est un Cheshire-Cat, » dit la duchesse
"Und deshalb grinst er von Ohr zu Ohr"
« Et c'est pourquoi il sourit d'une oreille à l'autre »
"Ich wusste nicht, dass eine Cheshire-Katze immer grinst"
« Je ne savais pas qu'un Cheshire-Cat souriait toujours »
"Eigentlich wusste ich nicht, dass Katzen grinsen können", sagte Alice
« En fait, je ne savais pas que les chats pouvaient sourire », a déclaré Alice
»Es gibt vieles, was Sie nicht wissen,« sagte die Herzogin
— Il y a beaucoup de choses que vous ne savez pas, dit la duchesse
"Es gibt vieles, was man nicht weiß, und das ist eine Tatsache"
« Il y a beaucoup de choses que vous ne savez pas et c'est un fait »
In diesem Augenblick nahm die Köchin den Kessel mit der Suppe vom Feuer
Juste à ce moment-là, le cuisinier retira le chaudron de soupe du feu
Und sogleich fing sie an, alles in ihre Reichweite zu werfen
et aussitôt, elle commença à jeter tout ce qui était à sa portée
sie warf alles, was sie konnte, auf die Herzogin und das Baby

elle jeta tout ce qu'elle put sur la duchesse et le bébé
Zuerst warf sie die Feuereisen
D'abord, elle jeta les fers à feu
Dann warf sie eine Handvoll Töpfe
Puis elle a jeté une poignée de casseroles
und schließlich warf sie die Teller und Schüsseln
et enfin elle jeta les assiettes et les plats
Die Herzogin nahm keine Notiz von ihr
La duchesse ne fit pas attention à elle
Selbst als sie von einem Teller getroffen wurde, machte sie sich keine Sorgen
Même lorsqu'elle a été frappée par une assiette, elle ne s'est pas inquiétée
Das Baby heulte schon so viel
Le bébé hurlait déjà tellement
Es war also unmöglich zu sagen, ob die Schläge das Baby verletzt haben oder nicht
Il était donc impossible de dire si les coups blessaient le bébé ou non
"Oh, gib bitte acht, was du tust!" rief Alice
« Oh, je vous en prie, faites attention à ce que vous faites ! » s'écria Alice
und sie sprang in Todesangst des Entsetzens auf und ab
et elle sautait de haut en bas dans une agonie de terreur
die Herzogin bot Alice das Baby an
la duchesse offrit le bébé à Alice
»Hier! Du kannst das Kind ein wenig stillen, wenn du willst!«
« Ici ! Tu peux allaiter un peu le bébé, si tu veux !
Und sie schleuderte das Kind nach ihr, während sie sprach
et elle lui lança l'enfant tout en parlant
"Ich muss gehen und mich darauf vorbereiten, mit der Königin Krocket zu spielen"
« Je dois aller me préparer à jouer au croquet avec la reine »
und sie eilte aus dem Zimmer
et elle se hâta de sortir de la chambre
Alice fing das Baby mit einiger Mühe auf

Alice attrapa le bébé avec quelque difficulté

weil es ein sehr seltsam geformtes kleines Wesen war

parce que c'était une petite créature de forme très étrange

Und das Kind streckte seine Arme und Beine nach allen Richtungen aus

et l'enfant tendit les bras et les jambes dans toutes les directions

"Das Kind nehme ich lieber mit!" dachte Alice

« Je ferais mieux d'emmener cet enfant avec moi », pensa Alice

"Sie werden dieses Baby sicher in ein oder zwei Tagen töten"

« Ils sont sûrs de tuer ce bébé dans un jour ou deux »

"Wäre es nicht Mord, dieses Baby zurückzulassen?"

« Ne serait-ce pas un meurtre de laisser ce bébé derrière soi ? »

Sie sprach die letzten Worte laut aus

Elle prononça les derniers mots à haute voix

Und das kleine Ding grunzte als Antwort

Et la petite créature grogna en réponse

"Du verwandelst dich am besten nicht in ein Schwein, meine Liebe!" sagte Alice

« Tu ferais mieux de ne pas te transformer en cochon, ma chère, » dit Alice

"sonst habe ich nichts mehr mit dir zu tun"

« ou alors je n'aurai plus rien à faire avec toi »

Alice fing eben an, bei sich selbst zu denken:

Alice commençait à peine à penser en elle-même :

»Nun, was soll ich mit diesem Geschöpf anfangen, wenn ich es nach Hause bringe?«

« Maintenant, que vais-je faire de cette créature, quand je la ramène à la maison ? »

Aber dann grunzte das kleine Geschöpf ein wenig heftig

Mais alors la petite créature grogna un peu violemment

und Alice sah ihm erschrocken ins Gesicht

et Alice baissa les yeux sur son visage avec une certaine inquiétude

Diesmal konnte es keinen Irrtum geben

Cette fois, il ne pouvait y avoir d'erreur à ce sujet

Es war nicht mehr und nicht weniger als ein Schwein
Ce n'était ni plus ni moins qu'un cochon
Da setzte sie das kleine Geschöpf ab
alors elle déposa la petite créature
und das kleine Geschöpf trabte leise in den Wald hinein
et la petite créature s'éloigna tranquillement dans le bois
**Alice war ziemlich erleichtert, als sie die Kreatur
verschwinden sah**
Alice se sentit tout à fait soulagée de voir la créature partir
Alice erschrak ein wenig, als sie die Cheshire-Katze sah
Alice fut un peu surprise en voyant le Chat-Cheshire
Er saß auf einem Ast eines Baumes, ein paar Meter entfernt
Il était assis sur une branche d'arbre à quelques mètres de là
Die Katze grinste nur, als sie sie sah
Le chat ne sourit que lorsqu'il la vit
»Cheshire-Katze,« begann Alice etwas schüchtern
« Chat du Cheshire », commença Alice un peu timidement
**»Würden Sie mir bitte sagen, welchen Weg ich von hier aus
einschlagen soll?«**
« Pourriez-vous s'il vous plaît me dire dans quelle direction je
dois aller à partir d'ici ? »
"In diese Richtung", sagte die Katze
« Dans cette direction », dit le chat
Und er fuchtelte mit der rechten Pfote herum
et il agita la patte droite
"In dieser Richtung lebt ein Hutmacher"
« C'est dans cette direction que vit un fabricant de chapeaux »
Und dann winkte die Katze mit der anderen Pfote
puis le chat agita son autre patte
"Und in dieser Richtung wohnt ein Märzhase"
« Et dans cette direction vit un lièvre de marche »
»Besuchen Sie, wen Sie wollen; Sie sind beide verrückt"
« Visitez l'un ou l'autre de vos goûts ; Ils sont tous les deux
fous"
»Aber ich will nicht unter Verrückte gehen«, bemerkte Alice
— Mais je ne veux pas aller parmi des fous, remarqua Alice
"Ach, dafür kannst du nicht helfen!" sagte die Katze

« Oh, tu ne peux pas t'en empêcher, » dit le Chat

"Wir sind alle verrückt hier"

« Nous sommes tous fous ici »

"Spielst du heute Krocket mit der Queen?"

« Tu joues au croquet avec la reine aujourd'hui ? »

"Das würde ich sehr gerne!" sagte Alice

— J'aimerais beaucoup, dit Alice

"aber ich bin noch nicht eingeladen worden"

« mais je n'ai pas encore été invité »

"Du wirst mich dort sehen!" sagte die Katze

« Tu me verras là-bas », dit le Chat

Und von einem Augenblick auf den anderen verschwand die Katze

et d'un instant à l'autre le chat disparaissait

bald kam Alice in Sichtweite des Hauses des Märzhasen

bientôt Alice arriva en vue de la maison du lièvre de marche

Das war ein sehr großes Haus

C'était une très grande maison

Alice wollte also nicht in die Nähe des Hauses gehen

alors Alice ne voulait pas s'approcher de la maison

Zuerst musste sie noch etwas von dem linken Stück Pilz knabbern

D'abord, elle a dû grignoter un peu plus du morceau de champignon du côté gauche

Eine verrückte Teeparty
Un thé fou

Vor dem Haus stand ein Baum
Devant la maison, il y avait un arbre
Und unter dem Baum stand ein Tisch
et sous l'arbre, il y avait une table
und der Tisch war mit allerlei Besteck gedeckt
et la table était dressée avec toutes sortes de couverts
Der Märzhase und der Hutmacher saßen bei Tisch
Le lièvre de mars et le chapelier étaient à table
und zusammen tranken sie Tee
et ensemble ils prenaient le thé
Ein Siebenschläfer saß zwischen ihnen
Un loir était assis entre eux
und der Siebenschläfer schlief fest
et le loir dormait profondément
Der Tisch war von außergewöhnlicher Größe
La table était d'une taille extraordinaire
Aber der größte Teil des Tisches war unbesetzt
mais la majeure partie de la table était inoccupée
Sie saßen dicht gedrängt an einer Ecke des Tisches
Ils étaient assis serrés les uns contre les autres dans un coin de
la table
und doch entschuldigten sie sich, als sie Alice sahen
et pourtant ils s'excusaient quand ils voyaient Alice
»Kein Platz! Kein Platz!« schrien sie
« Pas de place ! Pas de place ! » crièrent-ils
»Es ist viel Platz!« sagte Alice entrüstet
« Il y a beaucoup de place ! » dit Alice avec indignation
An einem Ende des Tisches stand ein großer Sessel
À l'une des extrémités de la table, il y avait un grand fauteuil
und Alice setzte sich in den Sessel
et Alice s'assit dans le fauteuil
Der Hutmacher riss die Augen weit auf
Le chapelier ouvrit de grands yeux
Er konnte nicht glauben, was er da sah
Il n'arrivait pas à croire ce qu'il voyait

aber sein Geist war neugierig auf andere Dinge

Mais son esprit était curieux d'autres choses

»Warum ist ein Rabe wie ein Schreibtisch?«

« Pourquoi un corbeau est-il comme un bureau ? »

Alice war offen für die Herausforderung

Alice était prête à relever le défi

"Ich bin froh, dass sie angefangen haben, Rätsel zu stellen"

« Je suis content qu'ils aient commencé à poser des énigmes »

»Ich glaube, das kann ich erraten«, fügte sie laut hinzu

— Je crois que je peux le deviner, ajouta-t-elle à haute voix

Der Märzhase wurde neugierig auf Alice

Le lièvre de mars s'est curieux de connaître Alice

"Glaubst du wirklich, dass du die Antwort finden kannst?"

« Pensez-vous vraiment que vous pouvez trouver la réponse ?
»

»Ich glaube, ich kann die Antwort finden,« sagte Alice

— Je crois que je peux trouver la réponse, en effet, dit Alice

»Dann sollst du sagen, was du meinst,« fuhr der Märzhase
fort

« Alors, tu devrais dire ce que tu veux dire », continua le lièvre
de marche

»Ich sage, was ich meine,« erwiderte Alice hastig

— Je dis ce que je pense, répondit vivement Alice

"Zumindest meine ich ernst, was ich sage"

« à tout le moins, je pense ce que je dis »

"Das ist dasselbe, weißt du"

« C'est la même chose, vous savez »

Auch der Siebenschläfer trug zu dem Gespräch bei

Le loir a également contribué à la conversation

Aber der Siebenschläfer schien im Schlaf zu sprechen

mais le loir semblait parler dans son sommeil

"Ich atme, wenn ich schlafe"

« Je respire quand je dors »

"Ich schlafe, wenn ich atme!"

« Je dors quand je respire ! »

"Man könnte genauso gut sagen, dass sie auch gleich sind"

« Autant dire qu'ils sont les mêmes aussi »

"So ist es auch bei dir!" sagte der Hutmacher
« C'est la même chose pour toi », dit le chapelier
und er goß ein wenig Tee über die Nase des Siebenschläfers
Et il versa un peu de thé sur le nez du loir
Das Murmelthier schüttelte ungeduldig den Kopf
Le Loir secoua la tête avec impatience
Und wieder sprach das Murmelmaus, ohne die Augen zu öffnen
et le loir parla de nouveau, sans ouvrir les yeux
"Natürlich, natürlich ist es dasselbe"
« Bien sûr, bien sûr que c'est la même chose »
"Das wollte ich ja auch sagen"
« C'est juste ce que j'allais dire moi-même »

Der Hutmacher wandte sich an Alice und stellte eine weitere Frage
Le chapelier se tourna vers Alice et lui posa une autre question
"Hast du das Rätsel schon erraten?"
« As-tu déjà deviné l'énigme ? »
"Nein, ich gebe auf", gab Alice zu

« Non, j'abandonne », a concédé Alice

"Was ist die Antwort?", wollte sie wissen

« Quelle est la réponse ? » voulait-elle savoir

»Ich habe nicht die geringste Ahnung,« sagte der Hutmacher

— Je n'en ai pas la moindre idée, dit le chapelier

"Ich weiß es auch nicht!" sagte der Märzhase

« Moi non plus, » dit le lièvre de marche

Alice stieß einen müden Seufzer aus

Alice poussa un soupir de lassitude

"Es gibt eine bessere Nutzung der Zeit als Rätsel ohne Antworten"

« Il y a de meilleures utilisations du temps que des énigmes sans réponses »

»Trinken Sie noch etwas Tee,« sagte der Märzhase sehr ernst zu Alice

« Prends encore du thé », dit le lièvre de marche à Alice, très sérieusement

Alice war ziemlich beleidigt über das Angebot

Alice était assez offensée par l'offre

»Ich habe noch keinen Tee getrunken,« erwiderte Alice

— Je n'ai pas encore pris de thé, répondit Alice

"Deshalb kann ich keinen Tee mehr trinken"

« donc je ne peux plus prendre de thé »

»Du meinst, weniger Tee kannst du nicht haben«, sagte der Hutmacher

— Vous voulez dire que vous ne pouvez pas prendre moins de thé, dit le chapelier

"Es ist sehr einfach, mehr als nichts zu nehmen"

« C'est très facile de prendre plus que rien »

Bei diesen Worten erhob sich Alice und ging fort

À ces mots, Alice se leva et s'en alla

Der Siebenschläfer schlief augenblicklich ein

Le loir s'endormit instantanément

und keiner der andern nahm die geringste Notiz davon, daß sie ging

et ni l'un ni l'autre ne firent la moindre attention à son départ

obwohl sie ein- oder zweimal zurückblickte

bien qu'elle ait regardé en arrière une ou deux fois
Sie versuchten, den Siebenschläfer in die Teekanne zu stecken
Ils essayaient de mettre le loir dans la théière
"Jedenfalls werde ich nie wieder dorthin gehen!" sagte Alice
« En tout cas, je n'y retournerai plus ! » dit Alice
Und sie ging ihren Weg durch den Wald
et elle se fraya un chemin à travers les bois
"Das war die dümmste Teeparty, auf der ich je war"
« c'était le thé le plus stupide auquel j'aie jamais assisté »
Gerade als sie das sagte, bemerkte sie etwas
Juste au moment où elle disait cela, elle remarqua quelque chose
Einer der Bäume hatte eine Tür, die direkt hineinführte
L'un des arbres avait une porte qui y menait directement
»Das ist sehr interessant!« dachte sie
« C'est très intéressant ! » a-t-elle pensé
"Ich denke, ich kann genauso gut durch die Tür gehen"
« Je pense que je peux aussi bien passer la porte »
Und durch die Tür ging sie
Et elle passa par la porte
Wieder befand sie sich in der langen Halle
Une fois de plus, elle se retrouva dans le long couloir
Wieder stand sie dicht an dem kleinen Glastisch
de nouveau, elle était près de la petite table de verre
Sie nahm den kleinen goldenen Schlüssel
Elle prit la petite clé d'or
und sie schloß die Tür auf, die in den Garten führte
et elle ouvrit la porte qui donnait sur le jardin
Dann machte sie sich daran, an dem Pilz zu knabbern
Puis elle s'est mise au travail pour grignoter le champignon
Sie hatte ein Stück des Pilzes in ihrer Tasche aufbewahrt
Elle avait gardé un morceau du champignon dans sa poche
Und schließlich war sie etwa einen Meter groß
Et finalement, elle mesurait environ un mètre
dann ging sie den kleinen Korridor hinunter
Puis elle descendit le petit couloir

**Und dann fand sie sich endlich in dem schönen Garten
wieder**
Et puis elle s'est finalement retrouvée dans le magnifique
jardin
**Und sie war zwischen den hellen Blumen und den kühlen
Springbrunnen**
et elle était parmi les fleurs brillantes et les fontaines fraîches

Der Krocketplatz der Königinnen
Le terrain de croquet de la reine

Ein großer Rosenstrauch stand in der Nähe des Eingangs des Gartens

Un grand rosier se dressait près de l'entrée du jardin

Die Rosen, die an dem Baum wuchsen, waren weiß

Les roses qui poussaient sur l'arbre étaient blanches

aber es waren drei Gärtner, die die Rose bemalten

Mais il y avait trois jardiniers qui peignaient la rose

Sie waren damit beschäftigt, die Rosen rot zu färben

Ils étaient occupés à peindre les roses en rouge

und Alice sah zu, wie sie die Rosen rot färbten

et Alice les regardait peindre les roses en rouge

und plötzlich fielen ihre Augen zufällig auf Alice

et soudain leurs yeux tombèrent par hasard sur Alice

Alice sprach ein wenig schüchtern

Alice parlait un peu timidement

»Würden Sie es mir bitte sagen?«

« Pourriez-vous me le dire, s'il vous plaît ? »

"Warum malt ihr alle diese Rosen?"

« Pourquoi peignez-vous tous ces roses ? »

Fünf und Sieben sagten nichts, sondern sahen zwei an

cinq et sept ne dirent rien, mais regardèrent deux

zwei Sprecher, mit leiser Stimme

deux d'entre eux parlèrent à voix basse

»Nun, die Sache ist die, sehen Sie, gnädige Frau.«

— Eh bien, le fait est, voyez-vous, madame.

"Das hier hätte ein roter Rosenstrauch sein sollen"

« Celui-ci aurait dû être un rosier rouge »

"Und wir haben aus Versehen einen weißen Rosenstrauch hineingesetzt"

« Et nous avons mis un rosier blanc par erreur »

"Wie Sie mir zustimmen würden, darf die Königin es nicht herausfinden"

« Comme vous en conviendrez, la reine ne doit pas le découvrir »

"Sonst würden wir uns allen die Köpfe abschneiden"

« Sinon, nous aurions tous la tête tranchée »
"Sie sehen also, gnädige Frau, wir tun unser Bestes"
« Alors vous voyez, madame, nous faisons de notre mieux »
Karte fünf hatte ängstlich über den Garten geschaut
La cinquième carte avait regardé anxieusement à travers le jardin
In diesem Augenblick rief die fünfte Karte: "Die Königin! Die Königin!"
À ce moment, la cinquième carte cria : « La dame ! La reine !
und die drei Gärtner eilten augenblicklich davon
Et les trois jardiniers s'enfuirent aussitôt
und sie warfen sich flach auf ihre Gesichter
et ils se jetèrent à plat ventre
Man hörte das Geräusch vieler Schritte
Il y eut un bruit de nombreux pas
Alice sah sich um, begierig darauf, die Königin zu sehen
Alice regarda autour d'elle, impatiente de voir la reine
Am Anfang des Zuges standen zehn Soldaten
Au début de la procession se trouvaient dix soldats
Ihre Hände und Füße waren in den Ecken
leurs mains et leurs pieds étaient dans les coins
und in ihren Händen und Füßen waren Keulen
et dans leurs mains et leurs pieds étaient des massues
Als nächstes kamen die zehn Höflinge
Venaient ensuite les dix courtisans
die Höflinge waren über und über mit Diamanten geschmückt
Les courtisans étaient partout ornés de diamants
Nach den Höflingen kamen die königlichen Kinder
Après les courtisans sont venus les enfants royaux
Es waren zehn der königlichen Kinder
Il y avait dix enfants royaux
und alle königlichen Kinder waren mit Herzen geschmückt
et tous les enfants royaux étaient ornés de cœurs
Dann kamen die Gäste; Meist Könige und Königinnen
Venaient ensuite les invités ; principalement des rois et des reines

und unter den Königen und Königinnen sah Alice jemanden
et parmi les rois et la reine, Alice vit quelqu'un
Sie sah wieder das weiße Kaninchen, das sie gejagt hatte
Elle revit le lapin blanc qu'elle avait chassé
Der Prozession folgte der Spitzbube der Herzen
Le cortège était suivi par le valet de cœur
Er trug die Krone des Königs
Il portait la couronne du roi
und die Krone des Königs lag auf einem purpurnen Samtkissen
et la couronne du roi était sur un coussin de velours cramoisi
Und dann kam das Ende dieser großen Prozession
Et puis vint la fin de ce grand cortège
Und da waren am Ende der König und die Königin der Herzen
Et là, à la fin, il y avait le Roi et la Reine de Cœur
der Zug kam Alice gegenüber
le cortège arriva en face d'Alice
Und alle blieben stehen und sahen sie an
et ils s'arrêtèrent tous et la regardèrent
Und die Königin sprach streng: "Wer ist das?"
et la reine dit sévèrement : « Qui est-ce ? »
Sie sagte es zum Herzknaben
Elle l'a dit au Valet de Cœur
aber er verbeugte sich nur und lächelte als Antwort
Mais il s'est contenté de s'incliner et de sourire en réponse
Alice sprach sehr höflich
Alice parla très poliment
"Mein Name ist Alice, also bitte, Eure Majestät"
« Je m'appelle Alice, alors faites plaisir à Votre Majesté »
Aber sie hatte andere Gedanken für sich
Mais elle avait d'autres pensées pour elle-même
"Es ist doch nur ein Kartenspiel!"
« Ce n'est qu'un jeu de cartes, après tout ! »
»Kannst du Krocket spielen?« rief die Königin
« Savez-vous jouer au croquet ? » cria la reine
Die Frage war offenbar an Alice gerichtet

La question était évidemment destinée à Alice
"Ja!" sagte Alice laut
— Oui ! dit Alice d'une voix forte
"Komm also spielen!" brüllte die Königin
« Venez jouer alors ! » rugit la reine
sprach eine schüchterne Stimme zu Alice
une voix timide s'adressa à Alice
"Es ist ein sehr schöner Tag!"
« C'est une très belle journée ! »
Sie ging an dem weißen Kaninchen vorbei
Elle se promenait près du lapin blanc
und das weiße Kaninchen guckte ihr ängstlich ins Gesicht
et le Lapin Blanc jetait un coup d'œil anxieux sur son visage
»ein sehr schöner Tag,« bestätigte Alice
« Une très belle journée, en effet, confirma Alice
»Wo ist die Herzogin?«
« Où est la duchesse ? »
»Still! Still!" sagte das Kaninchen
« Chut ! Chut ! dit le Lapin
"Sie ist zum Tode verurteilt"
« Elle est sous le coup d'une sentence d'exécution »
»Wofür wird sie hingerichtet?« fragte Alice
« Pourquoi est-elle exécutée ? » demanda Alice
"Sie hat der Königin die Ohren abgewetzt", begann das Kaninchen
« Elle a éraflé les oreilles de la reine », commença le lapin
schrie die Königin mit Donnerstimme
cria la reine d'une voix de tonnerre
"Ran an eure Plätze!"
« Retournez à vos endroits ! »
Und die Leute rannten in alle Richtungen herum
et les gens se mirent à courir dans toutes les directions
Und sie fielen alle aneinander
et ils tombèrent tous les uns contre les autres
Sie hatten sich jedoch in ein oder zwei Minuten beruhigt
Cependant, ils se sont calmés en une minute ou deux
Und dann begann das Spiel

Et puis le jeu a commencé
**Alice hatte noch nie einen so merkwürdigen Krocketplatz
gesehen**
Alice n'avait jamais vu un terrain de croquet aussi curieux
Das Gras bestand nur aus Graten und Furchen
L'herbe n'était que crêtes et sillons
Die Krocketbälle waren echte Igel
Les boules de croquet étaient de vrais hérissons
und die Schlägel waren echte Flamingos
Et les maillets étaient de vrais flamants roses
und die Soldaten standen auf Händen und Füßen
et les soldats se tinrent sur leurs mains et leurs pieds
weil die Bögen aus ihren Körpern gemacht wurden
Parce que les arches ont été faites à partir de leurs corps
Die Spieler spielten alle gleichzeitig
Les joueurs ont tous joué en même temps
Niemand wartete, bis er an der Reihe war
Personne n'attendait son tour
und jeder stritt sich mit jedem
et tout le monde se querellait avec tout le monde
und alle kämpften für die Igel
et tous se battaient pour les hérissons
Bald geriet die Königin in eine wütende Leidenschaft
Bientôt, la reine fut dans une colère furieuse
Und sie fing an, herumzustampfen und zu schreien
et elle s'est mise à piétiner et à crier
»Hacken Sie ihm den Kopf ab!«
« Coupez-lui la tête ! »
"Hack ihr den Kopf ab!"
« Coupez-lui la tête ! »
"Hackt ihnen alle Köpfe ab!"
« Coupez-leur la tête ! »
Wieder dachte Alice bei sich.
De nouveau, Alice pensa en elle-même
"Sie lieben es schrecklich, hier Menschen zu enthaupten"
« Ils sont affreusement friands de décapiter les gens ici »
"Das große Wunder ist, dass überhaupt noch jemand am

Leben ist!"

« Ce qui est très étonnant, c'est qu'il reste quelqu'un en vie ! »

Sie sah sich nach einem Ausweg um

Elle cherchait un moyen de s'échapper

Sie bemerkte eine merkwürdige Erscheinung in der Luft

Elle remarqua une curieuse apparition dans l'air

»Es ist die Cheshire-Katze,« sagte sie zu sich selbst

« C'est le chat du Cheshire », se dit-elle

"Jetzt habe ich jemanden, mit dem ich reden kann"

« maintenant j'aurai quelqu'un à qui parler »

"Wie geht es dir?" fragte die Katze

« Comment vas-tu ? » dit le chat

»Ich glaube nicht, daß sie ganz und gar fair spielen«, sagte Alice

« Je ne pense pas qu'ils jouent du tout équitablement », a déclaré Alice

Und sie hatte einen ziemlich klagenden Ton

et elle avait un ton plutôt plaintif

"Sie streiten sich alle so fürchterlich"

« Ils se querellent tous si affreusement »

"Man hört sich selbst nicht sprechen"

« On ne s'entend pas parler »

"Und sie scheinen sich nicht an irgendwelche Regeln zu halten"

« Et ils ne semblent pas jouer selon des règles »

die Katze stellte Alice mit leiser Stimme eine Frage

le chat a posé une question à Alice à voix basse

"Wie gefällt dir die Königin?"

« Comment aimez-vous la reine ? »

»Ich mag sie gar nicht,« sagte Alice

— Je ne l'aime pas du tout, dit Alice

Alice dachte, sie könnte genauso gut zurückgehen
Alice pensa qu'elle ferait aussi bien d'y retourner
Sie wollte sehen, wie das Spiel läuft
Elle voulait voir comment le match se passait
Sie machte sich auf die Suche nach ihrem Igel
Elle est partie à la recherche de son hérisson
Der Igel war damit beschäftigt, gegen einen anderen Igel zu kämpfen
Le hérisson était occupé à combattre un autre hérisson
Das war eine ausgezeichnete Gelegenheit
C'était une excellente occasion
Sie konnte einen Igel mit dem anderen krocketen
Elle pouvait croquer un hérisson avec l'autre
Aber ihr Flamingo war auf der anderen Seite des Gartens
Mais son flamant rose était de l'autre côté du jardin
Der Flamingo war ziemlich tollpatschig
Le flamant rose était plutôt maladroit
Ihr Flamingo versuchte, gegen einen Baum zu fliegen
Son flamant rose essayait de s'envoler dans un arbre
Sie packte den Flamingo am Bein

Elle attrapa le flamant rose par la patte
Und sie schob sich den Flamingo unter den Arm
Et elle glissa le flamant rose sous son bras
So konnte der Flamingo nicht mehr entkommen
De cette façon, le flamant rose ne pouvait plus s'échapper
In diesem Augenblick traf Alice zufällig die Herzogin
Juste à ce moment-là, Alice rencontra la duchesse
Die Herzogin war nun aus dem Gefängnis entlassen worden
La duchesse était maintenant sortie de prison
Sie schob ihren Arm liebevoll unter Alices Arm
Elle glissa affectueusement son bras sous celui d'Alice
Und dann gingen sie zusammen fort
puis ils sont partis ensemble
Alice war sehr froh, sie in so angenehmer Laune zu finden
Alice était très heureuse de la trouver d'une humeur si agréable
Sie erschrak jedoch ein wenig
Elle était cependant un peu surprise
Sie hörte die Stimme der Herzogin dicht an ihrem Ohr
Elle entendit la voix de la duchesse près de son oreille
"Du denkst über etwas nach, meine Liebe"
« Tu penses à quelque chose, ma chérie »
"Und das lässt dich das Reden vergessen"
« Et ça fait oublier de parler »
»Das Spiel geht jetzt etwas besser«, sagte Alice
« Le jeu se passe un peu mieux maintenant », a déclaré Alice
Es war eine Möglichkeit, das Gespräch am Laufen zu halten
C'était une façon de poursuivre la conversation
»So ist es,« sagte die Herzogin
— C'est vrai, dit la duchesse
"Und die Moral davon ist folgende."
« Et la morale de cela est la suivante : »
"Es ist die Liebe, die alles macht!"
« C'est l'amour qui fait tout ! »
"Liebe ist das, was die Welt bewegt"
« L'amour est ce qui fait tourner le monde »
Alice hatte eine andere Erklärung

Alice avait une autre explication
**"Das macht jeder, der sich um seine eigenen
Angelegenheiten kümmert!"**
« C'est fait par tout le monde qui s'occupe de ses propres
affaires ! »
»Ah, gut! Du könntest Recht haben"
— Ah ! Vous pourriez avoir raison"
»Es bedeutet alles ziemlich dasselbe,« sagte die Herzogin
— Tout cela signifie à peu près la même chose, dit la duchesse
und sie grub ihr spitzes kleines Kinn in Alices Schulter
et elle enfonça son petit menton pointu dans l'épaule d'Alice
"Und die Moral davon ist folgende"
« Et la morale de cela est la suivante »
"Kümmere dich um die Sinne"
« Prendre soin du sens »
"Und dann erledigen sich die Klänge von selbst"
« Et puis les sons prendront soin d'eux-mêmes »
Aber dann fing der Arm der Herzogin an zu zittern
Mais alors le bras de la duchesse se mit à trembler
Alice blickte auf und da stand die Königin
Alice leva les yeux et la reine se tenait là
Die Königin hatte die Arme verschränkt
La reine avait les bras croisés
Und sie runzelte die Stirn wie ein Gewitter!
Et elle fronçait les sourcils comme un orage !
»Ich warne dich!« schrie die Königin
« Je vous préviens », cria la reine
Und sie stampfte auf den Boden, während sie sprach
et elle piétina le sol tout en parlant
"Entweder dein Kopf oder ihr Kopf muss ausgeschaltet sein"
« Soit ta tête, soit sa tête doit être coupée »
"Treffen Sie Ihre Wahl!"
« Faites votre choix ! »
"Und beeilen Sie sich"
« Et soyez rapide à ce sujet »
Die Herzogin traf ihre Wahl
La duchesse fait son choix

und in einem Augenblick war die Herzogin verschwunden
et au bout d'un instant la duchesse avait disparu
Da sprach die Königin zu Alice
Puis la reine s'adressa à Alice
"Weiter geht's mit dem Spiel"
« Continuons le jeu »
Alice war zu erschrocken, um ein Wort zu sagen
Alice était trop effrayée pour dire un mot
und langsam folgte sie ihrem Rücken zum Krocketplatz
et elle la suivit lentement jusqu'au terrain de croquet
Die ganze Zeit stritt sich die Dame mit den anderen Spielern
Pendant tout ce temps, la reine s'est querellée avec les autres joueurs
»Hacken Sie ihm den Kopf ab!«
« Coupez-lui la tête ! »
"Hack ihr den Kopf ab!"
« Coupez-lui la tête ! »
"Hackt ihnen alle Köpfe ab!"
« Coupez-leur la tête ! »
Bald waren alle Spieler in Gewahrsam
Bientôt, tous les joueurs ont été en garde à vue
nur der König, die Königin und Alice blieben zurück
il ne restait que le roi, la reine et Alice
Da ging die Königin, ganz außer Atem
Puis la reine s'en alla, tout à fait essoufflée
und sie ging mit Alice fort
et elle s'en alla avec Alice
Alice hörte, wie der König leise etwas sagte
Alice entendit le roi dire quelque chose
"Ihr seid alle begnadigt"
« Vous êtes tous pardonnés »
aber plötzlich hörte man einen neuen Schrei
Mais soudain, un autre cri se fit entendre
"Der Prozess beginnt!"
« Le procès commence ! »
und Alice lief mit den andern
et Alice courut avec les autres

Wer hat die Torten gestohlen?

Qui a volé les tartes ?

Der Herzkönig und die Herzkönigin saßen

Le roi et la reine de cœur étaient assis

sie saßen auf ihrem Thron, als Alice ankam

ils étaient sur leur trône quand Alice arriva

Eine große Menschenmenge war um sie herum versammelt

Il y avait une grande foule rassemblée autour d'eux

Es gab allerlei kleine Vögel und Bestien

Il y avait toutes sortes de petits oiseaux et de bêtes

Und da war das ganze Kartenspiel

Et il y avait tout le paquet de cartes

Der Spitzbube stand in Ketten vor ihnen

Le coquin se tenait devant eux, enchaîné

und auf jeder Seite war ein Soldat, der ihn bewachte

et il y avait un soldat de chaque côté pour le garder

in der Nähe des Königs war das weiße Kaninchen

près du roi était le lapin blanc

Er hatte eine Trompete in der einen Hand

Il avait une trompette dans une main

Und in der andern Hand hielt er eine Pergamentrolle

et il avait un rouleau de parchemin dans l'autre main

In der Mitte des Platzes stand ein Tisch

Au milieu de la cour se trouvait une table

Auf dem Tisch stand eine große Schüssel mit Torten

Sur la table, il y avait un grand plat de tartes

**"Ich wünschte, sie würden den Prozess zu Ende bringen",
dachte Alice**

« J'aimerais qu'ils fassent le procès », pensa Alice

"Dann könnten wir etwas von diesen Erfrischungen essen!"

« Alors nous pourrions manger quelques-uns de ces
rafraîchissements ! »

Der Richter war übrigens der König
Le juge, soit dit en passant, était le roi
und er trug seine Krone über seiner großen Perücke
et il portait sa couronne sur sa grande perruque
»Das ist die Loge der Geschworenen!« dachte Alice
« C'est le banc des jurés, pensa Alice
"Und diese zwölf Geschöpfe, ich nehme an, sie sind die Geschworenen"
« Et ces douze créatures, je suppose qu'elles sont les jurés »
einige waren Tiere, andere waren Vögel
certains étaient des animaux, et d'autres étaient des oiseaux
In diesem Augenblick schrie das weiße Kaninchen auf
Juste à ce moment-là, le lapin blanc a crié
"Schweigen im Gericht!"
« Silence dans la cour ! »
»Herold, lesen Sie die Anklage!« sagte der König

« Héraut, lisez l'accusation ! » dit le roi
Das weiße Kaninchen blies drei Stöße auf die Trompete
Le lapin blanc souffla trois coups de trompette
dann entrollte er die Pergamentrolle
Puis il déroula le parchemin
Und er las folgendes:
Et il a lu ce qui suit :
"Die Königin der Herzen, sie hat ein paar Torten gebacken."
« La reine de cœur, elle a fait des tartes, »
"All das tat sie an einem Sommertag"
« Tout cela, elle l'a fait un jour d'été »
"Der Schurke der Herzen, er hat diese Torten gestohlen"
« Le valet de cœur, il a volé ces tartes »
"Und er hat diese Torten weit weg gebracht!"
« Et il a emporté ces tartes loin ! »
»Rufen Sie den ersten Zeugen,« sagte der König
« Appelez le premier témoin », dit le roi
und das weiße Kaninchen blies drei Stöße auf die Trompete
et le lapin blanc souffla trois coups de trompette
»Bringt den ersten Zeugen!« rief er
« Amenez le premier témoin ! » cria-t-il
Der erste Zeuge war der Hutmacher
Le premier témoin était le chapelier
Er kam mit einer Teetasse in der einen Hand herein
Il entra avec une tasse de thé dans une main
Und in der anderen Hand hatte er ein Stück Brot und Butter
et il avait un morceau de pain et de beurre dans l'autre main
»Du hättest fertig sein sollen,« sagte der König
« Tu aurais dû finir », dit le roi
"Wann hast du angefangen?"
« Quand avez-vous commencé ? »
Der Hutmacher schaute sich den Märzhasen an
Le chapelier regarda le lièvre de marche
Der Märzhase war ihm in den Hof gefolgt
Le lièvre de marche l'avait suivi dans la cour
Er war Arm in Arm mit dem Siebenschläfer gegangen
Il avait marché bras dessus bras dessous avec le loir

»Ich glaube, es war der vierzehnte März«, sagte er
« Le quatorzième mars, je crois, dit-il
»Geben Sie Ihre Aussage,« sagte der König
« Rendez votre témoignage », dit le roi
"Und sei nicht nervös, sonst lasse ich dich auf der Stelle hinrichten"
« Et ne sois pas nerveux, ou je te ferai exécuter sur-le-champ »
Das schien den Zeugen überhaupt nicht zu ermutigen
Cela n'a pas semblé encourager du tout le témoin
Er rutschte immer wieder von einem Fuß auf den anderen
Il n'arrêtait pas de se déplacer d'un pied sur l'autre
und er sah die Königin unruhig an
et il regarda la reine avec inquiétude
und in seiner Verwirrung biß er ein großes Stück aus seiner Teetasse
et, dans sa confusion, il mordit un gros morceau de sa tasse de thé
Eigentlich wollte er von seinem Brot und seiner Butter beißen
En réalité, il voulait croquer dans son pain et son beurre
In diesem Augenblick fühlte Alice eine sehr merkwürdige Empfindung
Juste à ce moment, Alice éprouva une sensation très curieuse
Sie fing an, wieder größer zu werden
Elle commençait à grossir à nouveau
Der unglückliche Hutmacher ließ seine Teetasse fallen
Le misérable chapelier laissa tomber sa tasse de thé
und das Brot und die Butter fielen zu Boden
et le pain et le beurre tombèrent à terre
und er fiel auf die Knie
et il mit un genou à terre
»Ich bin ein armer Mann, Eure Majestät,« begann er
« Je suis un pauvre homme, Votre Majesté », a-t-il commencé
»Du bist ein sehr schlechter Redner,« sagte der König
« Vous êtes un bien mauvais orateur, » dit le roi
»Du darfst gehen,« sagte der König
« Tu peux y aller, » dit le roi

und der Hutmacher verließ eilig den Hof

et le chapelier quitta précipitamment la cour

»Rufen Sie den nächsten Zeugen her!« sagte der König

« Appelez le témoin suivant ! » dit le roi

Der nächste Zeuge war die Köchin der Herzogin

Le témoin suivant fut le cuisinier de la duchesse

Sie trug die Pfefferdose in der Hand

Elle portait la poivrière à la main

Und die Leute in der Nähe der Tür fingen auf einmal an zu niesen

et les gens près de la porte se mirent à éternuer tout à coup

»Geben Sie Ihre Aussage,« sagte der König

« Rendez votre témoignage », dit le roi

»Ich will nichts beweisen,« sagte die Köchin

— Je ne donnerai aucun témoignage, dit le cuisinier

Der König sah das weiße Kaninchen ängstlich an

Le roi regarda anxieusement le lapin blanc

Und das weiße Kaninchen sprach mit leiser Stimme

Et le lapin blanc parlait d'une voix douce

"Eure Majestät müssen diesen Zeugen ins Kreuzverhör nehmen"

« Votre Majesté doit contre-interroger ce témoin »

»Nun, wenn ich muß, so muß ich,« sagte der König

« Eh bien, s'il le faut, il le faut, » dit le roi

"Woraus bestehen Torten?"

« De quoi sont faites les tartes ? »

»Torten werden meistens aus Pfeffer gemacht«, sagte die Köchin

« Les tartes sont faites de poivre, principalement », a déclaré le cuisinier

Einige Minuten lang war der ganze Hof in Verwirrung

Pendant quelques minutes, toute la cour fut dans la confusion

Schließlich ließen sie sich alle wieder nieder

Finalement, ils se sont tous calmés

Aber da war die Köchin schon verschwunden

Mais à ce moment-là, le cuisinier avait disparu

»Macht nichts!« sagte der König

« N'importe ! » dit le roi

"Rufen Sie den nächsten Zeugen in den Zeugenstand"

« Appel à la barre du prochain témoin »

Alice beobachtete das weiße Kaninchen, wie es an der Liste herumfummelte

Alice regarda le lapin blanc qui tâtonnait sur la liste

Sie können sich vorstellen, wie überrascht sie war, als sie das hörte, was sie als nächstes hörte

Vous pouvez imaginer sa surprise à ce qu'elle a entendu ensuite

Mit lauter schriller kleiner Stimme rief er den Namen »Alice!«

à tue-tête de sa petite voix aiguë, il appela le nom « Alice ! »

<h3 style="text-align:center">Alices Beweise</h3>
Le témoignage d'Alice

»Hier!« rief Alice

« Ici ! » s'écria Alice

Sie sprang in großer Eile auf

Elle se leva d'un bond en toute hâte

und sie kippte die Geschworenenloge um

et elle renversa le banc des jurés

und sie warf alle Geschworenen um

et elle renversa tous les jurés

und sie fielen auf die Köpfe der Menge unten

et ils tombèrent sur la tête de la foule en bas

Alice war in großer Bestürzung

Alice était dans un grand désarroi

»Oh, ich bitte um Verzeihung!« rief sie aus

« Oh ! je vous demande pardon ! » s'écria-t-elle

»Der Prozeß kann nicht fortgesetzt werden,« sagte der König

« Le procès ne peut pas avoir lieu », dit le roi

"Die Geschworenen müssen wieder an ihre angestammten Plätze zurückkehren"

« Les jurés doivent retourner à leur place »

Er wiederholte den Befehl mit großem Nachdruck

Il répéta l'ordre avec beaucoup d'emphase

und er sah Alice streng an

et il regarda Alice d'un air sévère

"Was weißt du über diese Ereignisse?" fragte der König Alice

« Que savez-vous de ces événements ? » demanda le roi à Alice

»Ich weiß nichts von der Sache,« sagte Alice

— Je ne sais rien à ce sujet, dit Alice

Dann las der König aus seinem Buch vor

Le roi lut ensuite un extrait de son livre

"Regel zweiundvierzig"

« Règle quarante-deux »

"Alle Personen, die mehr als eine Meile hoch sind, sollen das Gericht verlassen"

« Toutes les personnes de plus d'un kilomètre de haut doivent quitter le tribunal »
»Ich bin keine Meile hoch,« sagte Alice
« Je ne suis pas à un mille de haut, » dit Alice
»Fast zwei Meilen hoch,« sagte die Königin
« Près de deux milles de haut », dit la reine

»Nun, ich weigere mich zu gehen,« sagte Alice
— Eh bien, je refuse d'y aller, dit Alice
Der König erbleichte
Le roi pâlit
und er schloß hastig sein Notizbuch
et il ferma précipitamment son carnet
»Überlegen Sie sich Ihr Urteil«, sagte er zu den Geschworenen
« Considérez votre verdict », a-t-il dit au jury
Er sprach mit leiser, zitternder Stimme
Il parlait d'une voix basse et tremblante
Da sprach das weiße Kaninchen
Puis le lapin blanc prit la parole

"Es werden noch mehr Beweise kommen"
« Il y a encore plus de preuves à venir »
und er sprang in großer Eile auf
et il se leva d'un bond en toute hâte
"Dieses Papier wurde gerade abgeholt"
« Ce papier vient d'être retiré »
"Es scheint ein Brief des Gefangenen zu sein"
« On dirait que c'est une lettre écrite par le prisonnier »
Er faltete das Papier auseinander, während er sprach
Il déplia le papier tout en parlant
"Es ist doch kein Brief"
« Ce n'est pas une lettre, après tout »
"Was es war, war eine Reihe von Versen"
« Ce que c'était, c'était un ensemble de versets »
»Bitte, Eure Majestät,« sagte der Spitzbube
« S'il vous plaît, Votre Majesté », dit le coquin
"Ich habe diese Verse nicht geschrieben"
« Je n'ai pas écrit ces vers »
"und sie können nicht beweisen, dass ich etwas geschrieben
habe"
« et ils ne peuvent pas prouver que j'ai écrit quoi que ce soit »
"Am Ende ist kein Name unterschrieben"
« Il n'y a pas de nom signé à la fin »
Der König sprach mit dem Spitzbuben
Le roi parla au fripon
"Du musst vorgehabt haben, Unheil anzurichten"
« Vous avez dû vouloir causer des méfaits »
"Sonst hättest du wie ein ehrlicher Mann unterschrieben"
« Sinon, tu aurais signé ton nom comme un honnête homme »
Es gab ein allgemeines Händeklatschen
Il y eut un claquement général de mains
Und der König wandte sich an das weiße Kaninchen
Et le roi se tourna vers le lapin blanc
»Lest die Verse!« befahl er.
« Lisez les vers », ordonna-t-il
Es herrschte Totenstille im Gerichtssaal
Il y eut un silence de mort dans la cour

und das weiße Kaninchen las die Verse vor
et le lapin blanc lut les versets
Sie sagten mir, du wärst bei ihr gewesen
Ils m'ont dit que vous étiez allé chez elle
Und sie erwähnten mich ihm gegenüber
Et ils lui parlèrent de moi
Sie gab mir einen guten Charakter
Elle m'a donné un bon caractère
Aber sie sagte, ich könne nicht schwimmen
Mais elle a dit que je ne savais pas nager
Er ließ ihnen wissen, dass ich nicht gegangen sei
Il leur a fait savoir que je n'étais pas parti
Wir wissen, dass es wahr ist
Nous savons que c'est vrai
**Wenn sie die Sache vorantreiben sollte, was würde aus dir
werden?**
Si elle poussait l'affaire, que deviendriez-vous ?
Ich gab ihr einen, sie gaben ihm zwei
Je lui en ai donné un, ils lui en ont donné deux
Du hast uns drei oder mehr gegeben
Vous nous en avez donné trois ou plus
Sie sind alle von ihm zu dir zurückgekehrt
Ils sont tous revenus de sa part vers vous
obwohl sie vorher meine waren
bien qu'ils aient été les miens avant
Wenn ich oder sie die Chance haben sollte,
Si j'avais la chance d'être
Wenn ich oder sie in diese Affäre verwickelt wäre
Si j'étais impliqué dans cette affaire
Er vertraut auf dich, dass du sie befreien wirst
Il compte en vous pour les libérer
Genau so wie wir waren
Exactement comme nous étions
Ich hatte den Eindruck, dass Sie
Mon idée, c'est que vous aviez été
Bevor sie diesen Anfall hatte
Avant qu'elle n'ait cette crise

Ein Hindernis, das dazwischen kam

Un obstacle qui s'est dressé entre

Er und wir und es

Lui, et nous-mêmes, et cela

Lass ihn nicht wissen, dass sie ihr am besten gefallen haben

Ne lui faites pas savoir qu'elle les aimait mieux

Denn dies muss für immer ein Geheimnis bleiben, das vor allen anderen verborgen bleibt

Car cela doit être à jamais un secret, caché à tous les autres

Dieses Geheimnis muss ein Geheimnis zwischen dir und mir bleiben

Ce secret doit rester un secret entre vous et moi

Der König war sehr beeindruckt

Le roi était très impressionné

"Das ist das wichtigste Beweisstück, das wir bisher gehört haben"

« C'est la preuve la plus importante que nous ayons entendue jusqu'à présent »

»Ich glaube nicht, daß diese Verse auch nur ein Atom Bedeutung haben,« wandte Alice ein

— Je ne crois pas que ces vers aient un atome de sens, objecta Alice

der König hatte seine eigene Meinung zu dieser Angelegenheit

le roi avait sa propre opinion sur la question

"Wenn diese Worte keinen Sinn haben, erspart das eine Menge Ärger"

« S'il n'y a pas de sens dans ces mots, cela sauve un monde de problèmes »

"Dann brauchen wir nicht zu versuchen, den Sinn zu finden"

« Alors nous n'avons pas besoin d'essayer de trouver le sens »

"Lassen Sie die Geschworenen über ihr Urteil nachdenken"

« Laissons le jury délibérer sur son verdict »

»Nein, nein!« sagte die Königin

« Non, non ! » dit la reine

"Erst die Verurteilung, dann das Urteil"

« La condamnation d'abord, le verdict ensuite »
"Zeug und Unsinn!" sagte Alice laut
« Des bêtises et des bêtises ! » dit Alice à haute voix
"Wie dumm ist es, den Angeklagten zuerst zu verurteilen!"
« Comme il est stupide de condamner l'accusé en premier ! »

»Schweige!« sagte die Königin und färbte sich violett an
« Tais-toi ! » dit la reine en devenant violette
"Ich werde nicht den Mund halten!" sagte Alice
« Je ne me tairai pas ! » dit Alice
schrie die Königin aus voller Kehle
cria la reine à tue-tête
"Hack ihr den Kopf ab!"
« Coupez-lui la tête ! »
Niemand machte eine Bewegung
Personne n'a fait un mouvement
"Wen kümmert es, was du sagst?" sagte Alice
« Qui se soucie de ce que vous dites ? » dit Alice
Zu diesem Zeitpunkt war sie bereits zu ihrer vollen Größe

herangewachsen
Elle avait atteint sa taille maximale à ce moment-là
"Du bist nichts als ein Kartenspiel!"
« Tu n'es rien d'autre qu'un jeu de cartes ! »
Bei diesen Worten hoben sich alle Karten in die Luft
À ces mots, toutes les cartes se levèrent dans les airs
und alle Karten flogen auf sie herab
et toutes les cartes s'abattaient sur elle
Sie stieß einen kleinen Schrei aus
Elle poussa un petit cri
Sie war halb erschrocken, aber auch wütend
Elle était à moitié effrayée, mais aussi en colère
Und sie versuchte, sich gegen die Karten zu wehren
Et elle a essayé de se battre contre les cartes
Und dann fand sie sich auf der Grasbank liegend
puis elle se retrouva allongée sur le talus d'herbe
Ihr Kopf lag im Schoß ihrer Schwester
Sa tête était sur les genoux de sa sœur
Einige abgestorbene Blätter waren auf ihrem Gesicht gelandet
Des feuilles mortes s'étaient posées sur son visage
und ihre Schwester wischte vorsichtig die Blätter weg
et sa sœur balayait doucement les feuilles
»Wach auf, liebe Alice!« sagte die Schwester
« Réveille-toi, ma chère Alice ! » dit sa sœur
"Was für einen langen Schlaf hast du gehabt!"
« Quel long sommeil tu as eu ! »
"Oh, ich habe so einen merkwürdigen Traum gehabt!" sagte Alice
« Oh, j'ai fait un rêve si curieux ! » dit Alice
Und sie erzählte ihrer Schwester alles, woran sie sich erinnern konnte
Et elle raconta à sa sœur tout ce qu'elle pouvait se rappeler
all die seltsamen Abenteuer, von denen Sie gerade gelesen haben
toutes les étranges aventures que vous venez de lire
Alice stand auf und rannte davon

Alice se leva et s'enfuit en courant
Und während sie lief, dachte sie an ihren Traum
et elle pensait, tout en courant, à son rêve
"Was für ein wunderbarer Traum das gewesen war!"
« Quel rêve merveilleux cela avait été ! »